人間存在と愛

—やまとことばの倫理学—

川井博義

KAWAI, Hiroyoshi

北樹出版

目次

凡例

一、表記、訓みについて
・本書は、『萬葉集』の原文については校訂本を用い、伊藤博『萬葉集釋注 原文篇』（集英社、二〇〇〇年）、佐竹昭広・木下正俊・小島憲之『万葉集 本文篇』（補訂版、塙書房、一九九八年）、井出至・毛利正守校注『新校注 萬葉集』（和泉書院、二〇〇八年）を参照する。
・本文中に掲げる『萬葉集』の歌の訓みは、原則として、伊藤博『萬葉集釋注』（全十一巻、集英社、一九九五～一九九九年）に拠る。

一、略称、略記について
・本文中の『萬葉集』の歌は次の例のように巻数、歌番号を示す。特に注記しない場合、歌はすべて『萬葉集』のものである。

（例）君を思ひ我れ恋ひまくはあらたまの立つ月ごとに避くる日もあらじ　（巻十五、三六八三）

右は、『萬葉集』巻十五、所収、三六八三番歌であることを示す。また、本書の本文中に「あらたまの」（三六八三）と示す場合は、「　」内の語句が三六八三番の歌の中に見られることを示す。
・『萬葉集』の諸注釈書は次のような略称および略記方法を用いる。次に、「［略称］書名」と略記方法とを示す。
［代匠記（初）］　契沖『萬葉代匠記』初稿本（『契沖全集』一～七、岩波書店、一九七三～一九七六年、所収）
［代匠記（精）］　同右、精撰本（『契沖全集』一～七、岩波書店、一九七三～一九七六年、所収）

［考］　賀茂真淵『萬葉考』（『賀茂真淵全集』一〜五、続群書類従完成会、一九七七〜一九八五年、所収）
［新考］　安藤野雁『萬葉集新考』（吉澤義則編『未刊國文古註釋大系』第一冊、一九三六年、所収）
［古義］　鹿持雅澄『萬葉集古義』（全十巻、国書刊行会、一九一二〜一九一四年、所収）
［講義］　山田孝雄『萬葉集講義』（全三巻、宝文館、一九二八〜一九三七年）
［全釈］　鴻巣盛広『萬葉集全釋』（全六巻、廣文堂、一九三〇〜一九三五年）
［総釈］　武田祐吉・土屋文明・吉澤義則・石井庄司・森本治吉・新村出・窪田通治・藤森朋夫・川田順・安藤正次・春日政治・久松潜一・斎藤清衛・折口信夫・今井邦子・高木市之助・佐佐木信綱・尾上八郎・森本健吉・豊田八千代・澤瀉久孝・佐伯梅友・篠田隆治『萬葉集総釋』（全十二巻、楽浪書院、一九三五〜一九三六年）
［窪田評釈］　窪田空穂『萬葉集評釈』（『窪田空穂全集』第一三〜一九巻、角川書店、一九六六〜一九六七年、所収）
［全註釈］　武田祐吉『萬葉集全註釈』（〈初版〉全十五巻及び総説、改造社、一九四八〜一九五一年。〈増訂版〉全十四巻、一九五七〜一九五七年。本書は増訂版を参照する）
［私注］　土屋文明『萬葉集私注』（〈初版〉筑摩書房、一九四九〜一九五六年。〈増訂版〉筑摩書房、一九六九〜一九七〇年。〈新訂版〉筑摩書房、一九七六〜一九七七年。本書は新訂版を参照する）
［大系］　高木市之助・五味智英・大野晋校注　日本古典文学大系『萬葉集』（全四巻、岩波書店、一九七一〜一九七五年）
［注釈］　澤瀉久孝『萬葉集注釋』（全二十巻、中央公論社、一九五七〜一九七七年）
［新編］　小島憲之・木下正俊・東野治之校注・訳　新編日本古典文学全集『万葉集』（全四巻、小学館、一九九四〜一九九六年）
［釋注］　伊藤博『萬葉集釋注』（全十一巻、集英社、一九九五〜一九九九年）

・本文中の「萬葉人」の語は、『萬葉集』に歌を残している者、およびその時代の者を意味する言葉として用い、「まんようびと」と読む。

一、引用・参考文献について

・註は、各章末尾に付す。
・引用文献における仮名遣い、送り仮名、句読点、その他記号は原文のままとし、註に引用した研究書名・論文名等を示す。
・本書の引用文中の傍線は、特に注記しない限り、すべて著者によるものである。
・主要参考文献は、本書末尾に一覧を付す。

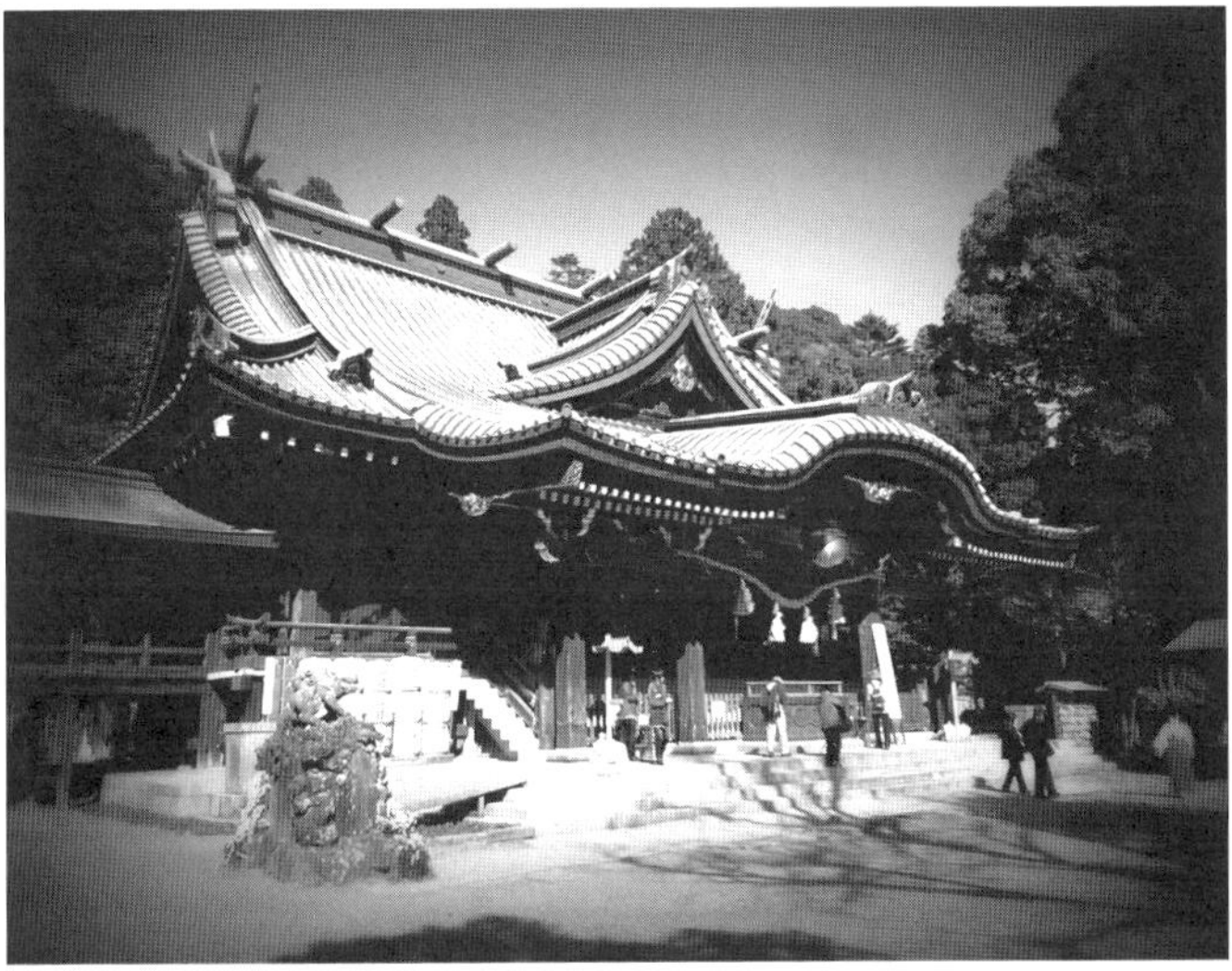

序章

【写真】（著者撮影）
筑波山神社

人はなぜ歌をうたうのか。『萬葉集』を扱う研究分野においては、歌がつくられた背景の実態や、歌をうたう者の周辺の事情、歌の表現技巧の問題などを説明することで、この問いに対し、個別具体的な回答がなされてきた。これらの研究においては、研究者に通有の概念や、現在、一般的に使われている言葉を用い、歌を対象として分類・分析がなされる。つまり、研究者という主体が、『萬葉集』という客体を対象とし、分類・分析するという手法である。主体である「個人」を前提として、対象と向き合う結果、そのような考え方を無批判のまま過去にも適応されることがある。例えば、歌を残した者が「個人」であり、「恋愛」をしているかのような言及がなされる。

そもそも「個人」「社会」「恋愛」「存在」といった言葉も、あるいは「哲学」「文学」といった研究分野の区分も、いずれも明治期につくられたものである。これらの枠組みを前提に、『萬葉集』を分類・分析するならば、明治期にはじまるものの見方・考え方によって、萬葉の時代を生きた人間とその営みを分類・分析することになる。実態や事実、表現技巧の検証であれば、この視点から行うことに問題はないかもしれない。しかしながら、当時の人間のものの見方・考え方を明らかにすることを目的としたとき、この方法だけでは充分とは言いがたい。たとえ扱う内容が、現在のいわゆるアカデミズムの中で「哲学」「思想」に分類される事柄であったとしても、この視点に固執する限り、それは明治以降に「哲学」「思想」と呼ばれるようになった物事の流通の経緯や事情、影響関係などを、明治以降に広まったものの見方・考え方によって、分類・分析することになるからである。

ここでは、そのような研究によって明らかにされる背景・事情・表現技巧などの内容自体を否定するつもりはない。むしろ、これらがなければ、事実・実態については闇のままであっただろう。しかし、そのような視点から歌を分類・分析するばかりではなく、その時代を生きた者の視点から、歌をうたう者の眼前の物事には、どのような意味があったのかを明らかにすることも必要ではないだろうか。

和辻哲郎は、『人間の学としての倫理学』（一九三四年、全書版一九四九年、改版一九七一年）や『倫理学』（上・中・下、一九三七〜一九四九年）の中で、「人間存在」とは何か、「倫理」とは何かを問うた。彼は、西洋哲学の中での議論を念頭に、それを批判しつつみずからの論を展開する。例えば、『倫理学』の冒頭、序論において、次のように述べる。

> 倫理学を「人間」の学として規定しようとする試みの第一の意義は、倫理を単に個人意識の問題とする近世の誤謬から脱却することである。この誤謬は近世の個人主義的人間観に基づいている。個人の把握はそれ自身としては近代精神の功績であり、また我々が忘れ去ってはならない重大な意義を帯びるのであるが、しかし個人主義は、人間存在の一つの契機に過

ぎない個人を取って人間全体に代わらせようとした。(W10-11)[1]

ここで和辻は、倫理学を「人間」の学であるとする。同時に、「倫理を単に個人意識の問題とする」ことは、「近世の誤謬」であると断言する。和辻が批判しているのは、デカルトにはじまる西洋近代の「個人」を基点として物事をとらえていく考え方である。ここで「近世の誤謬」と批判されるのは、「個人主義」である。「個人」をすべての物事の前提に立脚すると、「人」とは、まず「個人」であることになる。その「個人」は、意志・理性・感情などを有する「考える」主体として位置づけられる。このような視点から、「個人」が「作者」として「作品」をつくる、「個人」が「研究者」として『萬葉集』という「作品」を「対象」として研究する、「哲学」という枠組みに分類された事柄を「対象」として研究する、という見方が生ずる。しかし、和辻は、「個人」とは、「人間存在の一つの契機に過ぎない」と述べる。では「一つの契機」とはどのようなことであろうか。

> ……人間とは「世の中」であるとともに、その世の中における「人」である。だからそれは単なる「人」ではないとともにまた単なる「社会」でもない。ここに人間の二重性格の弁証法的統一が見られる。人間が人である限りそれは個別人としてあくまでも社会と異なる。そ

れは社会でないから個別人であるのである。従ってまた個別人は他の個別人と全然共同的でない。自他は絶対に他者である。しかも人間は世の中である限りあくまでも人と人との共同態であり社会であって孤立的な人ではない。それは孤立的な人でないからこそ人間なのである。従って相互に絶対に他者であるところの自他がそれにもかかわらず共同的存在において一つになる。社会と根本的に異なる個別人が、しかも社会の中に消える。人間はかくのごとき対立的なるものの統一である。この弁証法的な構造を見ずしては人間の本質は理解せられない。（W10-18　傍点和辻、以下同じ）

すなわち、「人間」という言葉が、複数の人たちに対しても、単数の人に対しても、使われるように、「人間」とは、「世の中」であると同時に「人」であるという「二重性格」を持つというのである。和辻は、個人かつ社会という二重性を有するものが「人間」であって、私たちの日常的現実において、そのどちらか一方だけで現存してはいないと指摘する。「人間」には、個人という側面と社会という側面がある。個人という側面は、社会という側面ではないという形でとらえることができ、社会という側面は個人という側面ではないという形でとらえることができる。どちらも「〜ではない」という形で、一方が他方を否定することによってしか定義できない概念であるのだから、これは不可分であるのだという[2]。また、個人という側面をとらえた場合、自他の区別が生じる。自他の区別は絶対的にあるが、だからといって、社会という側面が消失するわけではない。自他があって社会が成立している。すなわち、個人・社会というのは、それぞれが独立して在るのではなく、人間存在の両側面である。これを具体的な「人間」の姿であると和辻は指摘し、「人間の二重性格」と呼んだのである。

続けて和辻は、その二重性格を有する「人間存在」とは、自他が動的に連関している様子・ありさまであって、その一側面を静的な構造や骨子としてとらえたものではないことを論じる。そして、二重性格を包摂し相互の連関を含み込んだ様態を「共同態」という言葉によって言い表すのである。私たちは、日常、何も行為せず静的にとどまっているわけではなく、常に人と人との動的な関わり合いの中で生きている。和辻が問題としている「人間」とはそのような日常を営む具体的現実における「人間」である。和辻が「人間」を問うとき、意志・理性を有する「個人」という概念を前提として、人という生物の構造の分析や、人の表現したものの分類などを行わない。あるいは、すべての人を同一な「個人」として一般化することによって「人間」に対する議論を進めないのである。

……このような人間関係は、空間的な物と物との関係のごとく主観の統一において成り立つところの客観的関係なのではない。それは主体的に相互にかかわり合うところの「交わり」

「交通」ということき、人と人との間の行為的連関である。（W10-20）

私たちは、主体的に行為する自己と、同様に主体的に行為する他者との関わり合いの中にある。和辻がこのことを説明する際に例示する事柄を挙げると、例えば、「男女の間、夫婦のなか、間を距てる、仲違いをする」（W10-20）ということが自他の関わり合いにはある。自他が仲良くなるには、自己も他者も、それぞれ主体的に相手と仲良くしようとしなくては仲良くならない。どちらか、あるいは両者が、相手とは疎遠な関係を保とうと主体的に判断して行為すれば仲が悪くなる。このように考える和辻は、「人間存在」とは、主体的な「行為的連関」であることを示す。すなわち、「個人」である自己がまず在り、それが「人間存在」であると考えるのではなく、自己と他者とが関わり合っている状態そのものが「人間存在」であるというのである。

例えば、「学校」とは、集団・組織を意味するが、それは「学生」「教師」などの構成員がいなくては成立しない。すると、「学校」とは、「学生」「教師」などが集合してはじめて成立することになる。一方で、「学生」がなぜ「学生」であるか、「教師」がなぜ「教師」であるかというと、「学校」という集団・組織があるからこそ、その中での位置づけとして「学生」「教師」という資格が成立しているからである。すると、「学生」「教師」とは、「学校」があってはじめて成立することになる。このような日常的な在り方から考えると、私たちは、間柄を構成すると同時に、「間柄」によって規定されていることがわかる。このことから、和辻は「人間」は「間柄的存在」であると述べる。

「学生」や「教師」はいつまでも「学生」や「教師」であるわけではなく、卒業・退職、あるいは帰宅することなどにより、「学校」を離れれば、「学生」や「教師」ではなくなる。このように「人間」とは静的にとどまっているものではなく、不断に、動的に相互に関係し合いながら活動しているものである。「間、仲は主体的行為的連関としての生ける動的な間である」(W10-21)という和辻の指摘は、以上のような「人間」の在り方を示したものである。この「人間」における主体的行為的連関の動的展開を含意するために、「共同態」という言葉を和辻は採用したのである。その上で、このような二重性格を有する「人間存在」にとっての倫理問題の場所は「人と人との間柄」(W10-12)にあるとする。

そもそも、私たちは、日々、人類全体を相手に日常を送っているわけではない。私たちは、眼前の人々と関係することで生活をしている。逆に、眼前の人々と関係することなしに単独で生活することはできない。私たちにとって物事や言動が意味を持つのは、私たちが私たちの中でその意味を認めたときである。言動や物事の意味は「万人」ではなく「私たち」の中で成立する。さらに、「私たち」の間では、「私たち」と関わりのない「個人」の言動は意味を持たない。言動の意味は、人々の関わりの中に生じ、その関わりの中でしか成立しないはずである。

このように考えるならば、「個人」が何者ともかかわらず無条件に在り、その「個人」が物事の一切を取捨選択して生きているという発想は、現実性を持たない考え方ではないかという疑念が生ずる。また、その何者ともかかわらず存在できる「個人」が、「万人」の守るべく当為を選択して、それに則して生きるなどということは、私たちの日常から乖離した事柄であるということになろう。

『萬葉集』の歌は、その歌がつくられた背景や、歌をうたう者の周辺の事情があってうたわれる。つまり、それらは具体的な現実における表現である。一方で、和辻が批判するような近代の西洋哲学における議論は、人間を「個人」という一側面を一般化することで行われてきた。このようなことから、具体的な情緒や事象に対する表現を分類・分析する研究が文学研究であり、一般化・抽象化された理論を分類・分析する研究が哲学・倫理学などの思想研究であるかのように考えられることがある。そのようないわば研究観自体が、研究者という「個人」が主体となり、何らかの事物を対象として、分類・分析するという、個人と対象の「主―客」の構造のもとに成立しているのである。よって、対象の性質の違いによって、学問分野が規定される。だからこそ、例えば、「個人」が、「個人」概念成立以前にも存在するかのような見解がそこから提起されるのである。

本書は、このような「個人」概念を前提として『萬葉集』を分類・分析することはしない。また、西洋の哲学・倫理学の諸説を『萬葉集』に適応して分類・分析することもしない。まず、歌をうたう者のものの見方・考え方を、彼らの歌の言葉から解き明かす。これにより、彼らが具体的な日常を生きる「人間存在」を、どのようなものであると考えているのかを論じる。それは、彼らがなぜ歌をうたうのかという先に示した問いと向き合うことにもなる。なぜなら、言葉とは、和辻の説くところの「人と人との間の行為的連関」における表現にほかならないからである。その上で、「人間存在」とはどのようなものであると言えるのか、「愛」とはどのようなことであると言えるのか、という問いに答えることを目的とする。

次に、このような問題を論じるに当たり、なぜ『萬葉集』を扱うのかということを示す。柳父章『翻訳語成立事情』(3)は、「個人」「社会」「存在」「恋愛」といった言葉は、明治期に西欧の概念の移入に伴い、翻訳語として漢字を組み合わせることによってつくられた言葉であることと、その経緯を論証した上で、「翻訳に適した漢字中心の表現は他方、学問・思想などの分野で、翻訳に適さないやまとことば伝来の日常語表現を置き去りにし、切り捨ててきた」(一二四頁)、「日本の哲学は、私たちの日常に生きている意味を置き去りにし、切り捨ててきた」(一二四頁)、「日常ふつうに生きている意味から、哲学などの学問を組み立ててこなかった」(一二四頁)と批判する。

例えば、哲学・倫理学研究の世界では、存在とは何かという問いに面したとき、「存在」という言葉から、アリストテレスの存在論やハイデガーの存在論などを想起し、この語を即座に西洋哲学の概念であると解することを常識とする風潮が一部にある。「存在」という言葉は、もともと、西洋の哲学理論を翻訳するためにつくられた言葉であるから、それは正当な理解であるのかもしれない。もし哲学・倫理学を、そのような西洋の哲学・倫理学の伝統に連なるべきものであると考えるならば、先哲の議論を踏まえてしかるべきであるとも言えるのかもしれない。では、「在ること」とはどういうことであるのかという問いであれば、どうであろうか。前掲の柳父説は、西欧語と漢語とを対応させ、用語化された翻訳語を駆使し、その範囲で議論することにとどまり、今挙げたような問いを、みずからの日常語の中から考えてこなかったことに対する批判である。

『萬葉集』は、現存する最古の和歌集である。歌に用いられるやまとことばには、現在の私たちの使う日常語にも残る言葉が多数見られる。それは、「人と人との間の行為的連関」における表現である。やまとことばによって、どのように物事がとらえられていたのか、その言葉を用いる当事者たちが、眼前の物事をどのように意味づけているのかを考究することによって、先に示されたような批判に答えることができるのではないだろうか。

本書は、以上のような探究を通じて明らかになることを、即座に当為や規範にすることを試みるものではない。つまり、萬葉人のように生きるべきであるというために、議論を展開するつもりはない。そもそも、そのような文脈で用いられる「当為」や「規範」とは、まず「個人」が在ることを前提とし、その「個人」が、守るべき普遍的な規範がどこかにあるという視点に基づいて語られる。普遍的に妥当する規範を提唱するものが倫理学であるという了解に基づき、提示されたものは即座に当為として示されたものであるかのようにとらえられるのである。あるいは、過去の事績を立ち戻るべき規範として提起する国学のような議論を想起することにより、そのような認識が生じるのであろう。先述の通り、本書は萬葉の時代にはない「個人」概念の先在を前提としない。まず、萬葉人にとって「在ること」とはどのようなことであったのかを、歌の中から、彼らの用いる言葉にそって明らかにする。その上で、日常的現実における物事を、彼らがどのように意味づけているのかを、彼らの言葉に基づいて論じる。このような検証を通じて明らかにされるのは、彼らの「人間存在」にほかならない。これが明らかとなってはじめて、私たちはみずからを問い直すことができるのである。

本書の第一章から第六章までは、萬葉人にとって「在ること」とはいかなることであったのかについて論究し、そのことを萬葉人がみずから自覚するに至る過程を、その内実とともに解き明かす。第七章および第八章では、「在ること」に対する考え方が、どのような営みにつながるのか、さらに、そもそもなぜ歌をうたうのか、つまり、彼らにとってのうたうことの意義を論究する。結章では、このような萬葉人のものの見方・考え方に対し、本書がどのように考えるのかを示したい。

（1） 引用文の（W10-11）という形式の略号は次のことを示す。例えば、（W10-11）は、『和辻哲郎全集』第十巻（岩波書店、一九六二年）一一頁からの引用を意味する。なお、凡例に示したように、引用文中の傍線はすべて著者によるものである。

（2） この「二重の否定」の構造について、田中久文『日本の哲学を読み解く―「無」の時代を生きぬくために』（ちくま新書、二〇〇〇年）は、「『否定の否定』とは、いい方を変えれば、『否定性』・『空に「背く」ということである』」（八六頁）とし、「『否定の否定』において成り立っている『個人性』も『全体性』も、そこで終わるわけではない」（同頁）と指摘する。また、「『個人性』はより高次の『全体性』によってさらに否定されるし、『全体性』もより高次の『個人性』によってさらに否定されていく。それは『否定の否定』、あるいは『否定性の自己否定』がさらに否定されて、もう一段高い次元の『否定性』・『空』に帰っていくことである」（同頁）と続ける。和辻は、二重性格を有する「人間存在」において動的展開が不断に続く要因をここに見出している。

（3） 柳父章『翻訳語成立事情』（岩波新書、一九八二年）。

第一章　共在という原点

【写真】（著者撮影）
つくば市郊外から筑波山をのぞむ
筑波山は西の男体山と東の女体山からな

第一節 「ふたり」と「ひとり」——常態と逸脱——

現代の私たちは、認識の主体である「個人」が、理性を有することを根拠に、「私」あるいは「他者」が「在る」と考えることがある。しかしながら、萬葉人の生きた時代は、そのような「個人」概念の成立以前である。彼らは、みずから、あるいは他者が、認識し意志する主体としての「個人」が、何ものともかかわらずに「在る」とは考えていない。では、萬葉人にとって「在る」とはどのようなことであったと言えるのだろうか。ここではまず、「ふたり」「ひとり」という言葉に着目することで、この問いと対峙する。

我《あ》が恋ふる妹は逢はさず玉の浦に衣片敷きひとりかも寝む　（巻九、一六九二、柿本人麻呂）

君がため醸《か》みし待酒《まちざけ》安の野にひとりや飲まむ友なしにして　（巻四、五五五、大伴旅人）

明日よりは我が玉床をうち掃《はら》ひ君と寐寝《いね》ずてひとりかも寝む　（巻十、二〇五〇）

今挙げた三首のいずれにも「ひとり」という語が含まれている。いずれも「ひとり」に続く動詞は動作動詞であり、これらには「ひとり」何かをする理由が明示されている。

一六九二は、紀伊行幸に随伴した柿本人麻呂の歌である。ここでの「妹」は、旅先で知り合った一夜妻であると推定される。「妹は逢はさず」とあるように、その女性が逢ってくれないので旅先で「ひとり」寝ざるを得ないという。五五五は、権参議に任ぜられ民部卿を兼ねることになった丹比県守が大宰府から都に戻る折の大伴旅人の歌である。ここでは「飲まむ友なしにして」とあるように、共に酒を飲む予定であった友がいないからこそ、現時点において「ひとり」酒を飲まざるを得ないことが示される。二〇五〇は、出典未詳の七夕歌の中の一首である。逢瀬の後、織女と牽牛とは別れを余儀なくされる。明日からはまた「君」（牽牛）と共に「寐寝ずて」、すなわち、共に寝ることができないので、「ひとり」寝ざるを得ない。

いずれにおいても、共に何かするべき相手と、共に何かすることができないから「ひとり」であると示される。現在の「一人」という言葉は、人が一名単独の状態であることを指し示す。しかし、前掲の歌の中では、共に何かを行うことを前提とし、その相手が、〈いま・ここ〉におらず、そのようにできないときに「ひとり」という語が用いられている。このことは、「ひとり」の語が「ふたり」と一対の表現として示されることからも明らかである。例えば、

二《ふたり》して結びし紐を一《ひとり》して我れは解きみじ直に逢ふまでは　（巻十二、二九一九）

という一首がある。ここでは、男女が契りを結び別れる際、衣服の下紐を互いに結び交わし、次に再会したときに解き交わす慣習が前提となっている。「ふたり」で共に下紐を結び合ったが、次に直接逢うまで「ひとり」でそれを解くまいという意である。「ひとりして」下紐を解く、つまり、共に在ることができない状態で下紐を解くということは、別の者と関係するという意味である。（1）ここに、「ふたり」行う行為と「ひとり」行うそれとが対比的に明示される。「ふたり」共に何かを行うことを前提とし、それが不可能であるとき、萬葉人は「ひとり」という言葉を用いる。すると、そもそも共に在り、「ふたり」共に行うことが常態であり、そうできない非常事態が「ひとり」何かを行う情況であるということになろう。このようにとらえていたことの根拠となる次の歌がある。

妹も我れも一つなれかも三河なる二見の道ゆ別れかねつる

（巻三、二七六、高市黒人）

一本には「三河の二見の道ゆ別れなば我が背も我れも獨《ひとり》かも行かむ」といふ。

一首は、高市黒人による羇旅歌《きりょか》（旅先の歌）である。二七六には「一」「二」「三」という数が詠み込まれており、宴席に侍した遊行女婦《うかれめ》を前にした戯《ざ》れ歌であろうと考えられる。また、一本歌は二見地方の伝承歌で、これを踏まえて黒人によってつくられたのがこの二七六であるという指摘[2]もある。一本歌では、「我が背」（あなた、ここでは黒人）も、「我れ」（遊行女婦）も、ここで離れてしまうと、お互い共に在ることができず「ひとり」行くことになるとうたわれる。

ここで注目したいのは、二七六において「妹も我れも一つなれかも」と、「あなたも私も一つである」ということを理由に、別れるのがつらいと示されていることである。北山正迪『萬葉試論―歌の流れと「存在」の問題―』[3]は、この「一つなれかも」に対し、「まだ明白ではないにしても、いつも心にあった自己の『存在』に関わる何か根本的な情感に気づいたような語感がある」（七四頁）と指摘し、「『かも』は問題が黒人にとって大きすぎることも告げている」（七四頁）と述べる。すなわち、黒人は「かも」と躊躇しつつも、そもそも大切な者と共に在り共に行う、「ふたり」という一体的な在り方が常態であるからこそ、そうではなくなることは非常事態であり、だからこそ離れがたいのではないかと、表明したのである。

このように、萬葉人にとって「ひとり」とは、ただただ単独なる一名という意味ではなく、共に在り共に行うことが不可能であり、在ることができない際の言明にほかならない。萬葉人にとって「私」とは「私」単独で在るものではない。「妹も我れも一つなれかも」（二七六）で黒人がうたったように、そもそも「ふたり」が一体的に共に在ることが、「在ること」なのである。「ふたり」という常態から逸脱したときはじめて、「ひとり」となる。

現在の私たちは、ほかならぬこの「私」が、何かを選び取ると発想することがある。例えば、「個」が「共同体」を選びそこに所属意識を持つという形である。しかし、萬葉人は共に在り共に何かを行う事態を常態とし、それを原点として考えていた。単独で何かを行う際、その原点からの逸脱を意識し、原点への回帰を希求することで、「ひとり」という言葉を用いたのである。それは「個人」が「個人」だけで「在る」という「個人」を思索の原点とする考え方とは異なる。共に在ること、すなわち「共在」が常態であり、そこからの逸脱が「ひとり」であったのである。

第二節　共在を常態とする根拠 ――「相見る」こと ――

では、なぜ共に在り、共に何かを行うことが常態として認識されるのだろうか。このことは、萬葉人の「在る」ことに対する思念を追うことで解明することができる。

『萬葉集』には「～見れば～けり」という文形式を有している歌が数多く見られる。例えば、

わが背子は　待てど来まさず　天の原　振り放《さ》け見れば　ぬばたまの　夜も更けにけり　さ夜更けて　あらしの吹けば　立ち待てる　我が衣手に　降る雪は　凍りわたりぬ　今さらに　君来まさめや　さな葛　後も逢はむと　慰むる　心を持ちて　ま袖もち　床うち掃ひ　うつつには　君には逢はず　夢《いめ》にだに　逢ふと見えこそ　天の足り夜を

（巻十三、三二八〇）

藤波の咲きゆく見ればほととぎす鳴くべき時に近づきにけり

（巻十八、四〇四二、田辺福麻呂）

という歌がある。三二八〇・四〇四二の傍線部にある「けり」は、「ああ、今まさに～ということに気付いた」という意を表明する助動詞である。三二八〇では、大空を遠く振り仰いで見ることにより、今まさに夜も更けてしまったことに気付いたということがうたわれる。四〇四二には、藤の花房が次々と咲きいくのを見ることにより、今まさに季節はホトトギスの鳴き出す時期に近づいたことに気付いたとある。いずれも、何かを視覚的に把握することにより、別のことに気付いたということである。

このことは、「見る」ということが、単に視覚に入ることにとどまらなかった証左となる。そもそも、視覚を有していれば、おのずとさまざまなものが視界に入る。視野におさめたさまざまなものの中から、特定の対象に着目し、何かに気づいたというのであるから、そこには諸事物からその何かを意識的に選択したということにほかならないのである。したがって、意識的に何らかの対象に着目することを通じて、それまで意識していなかった別の何かに気づいたということが、「～見れば～けり」によって表明される事柄なのである。

「見る」こと、すなわち、眼前の対象に対し意識的に着目することを通じて、それまで意識していなかった別の事物が意識の内に置かれることになる。すると、その対象である別の事物は、意識される対象であり、内的な問題であるのだから、現時点における外的な状況に限定する必要はないだろう。この「～見れば～けり」という文形式と同様に、「～見れば～偲ふ」という表現

が『萬葉集』には見られる。例えば、

高円の野辺の秋萩な散りそね君が形見に見つつ偲はむ

（巻二、二三三、笠金村歌集・或本歌）

越の海の手結が浦を旅にして見れば羨しみ大和偲ひつ

（巻三、三六七、笠金村）

右の二首では、ある対象を、見ることと同時に、見ることを通して、何か別の物事を「偲ふ」と述べられている。内田賢徳『上代日本語表現と訓詁』(4)は、

「偲ふ」は思うことを意義にもち、その対象は不在の、あるいは失われたものではあっても、「思ふ」や「思ほゆ」が未知のものや不可視のものをも対象にするのに対して、狭く、既知の可視的なものを、どちらかと言えば想起するといったような意義である。（二五三頁）

と述べ、「偲ふ」とは、既知である可視的なものを想起するという意味を有する語であることを指摘する。つまり、以前見たことのある人や事物を、今ここで別の何かを見ることによって思い出すということである。

二三三は、「秋萩」は亡くなった志貴皇子の形見であるから、それを見ることによって、皇子を思慕したい（だからこそ、散らないでくれ）という意である。親しくしていたが亡くなってしまった皇子と、みずからとを結ぶものとして、秋萩が位置づけられている。秋萩を見ることによって、今は亡き者を想起している。

三六七は、旅の途中、越前に達したが、その越前の手結が浦を見ることにより、ふるさとである大和に思いを馳せたという意である。歌の中において、手結が浦は、笠金村の故郷大和とみずからを結ぶものである。手結が浦の海を見ることによって、海の向こうに思いを馳せ、今眼前にはない故郷大和に思いを馳せる。

これら二首では、現時点において眼前に在るものを視覚的に把握することにより、眼前にはないものを意識していることがわかる。つまり、眼前に在るものが、眼前にないものとみずからとを結ぶ手がかりとなっている。

二三三において「秋萩」が志貴皇子の形見として意味づけられていたように、「見る」人が、その人にとって関連する人や事物を、意識的に見いだすのである。「見る」こととは、さまざまな事物の中から、特定の何かに着目することである。これにより、それまで意識していなかったことを意識の内に措定されることになる。意識の内に措定される事物は、措定する者に特有の事柄である。その意味で、「見る」ことを通じ、その対象をみずからのものにすることにつながると言える。このことは、「～見れば～けり」「～見れば～偲ふ」と同様に、「～見れば～知る」という形式があることも、その証左となる。

色に出でて恋ひば人見て知りぬべし心のうちの隠り妻はも　（巻十一、二五六六）

世間を常なきものと今ぞ知る奈良の都のうつろふ見れば　（巻六、一〇四五、「作者不ㇾ審」）

二五六六は、通う男がいることを周囲に気づかれないように閉じこもっている妻に対し、思いを寄せる男の歌である。恋いこがれていることが顔色に出てしまったら、それを人に「見」られることにより、「知」られてしまうだろうと言うのである。

一〇四五は、繰り返し遷都が行われる時期に奈良の都にいた者の歌である。世の中というものには常ということがないと今まさに「知」った、この奈良の都が日に日に寂《さび》れ行くのを「見」ると、という意である。遷都により奈良の都はすでに荒廃している。それを「見る」ことによって、世の中には常なるものはないということを「知る」こととなったというのである。

さまざまなものを単に視野におさめている状態から、その中の何かに着目し特定すること、すなわち、「見る」ことによって「在る」ことが意識的に確定される。その確定によって、確定された対象に関わる別の何かが意識の内に措定される。その何かとは、現在の状況・過去の事跡から、世の中には常なることがないという理まで、あらゆるものを対象とする。ただし、その対象は、意識した者に特有の事柄である。他の者が同様の対象を「見」たとしても、同様の事柄を意識するに至るとは限らない。すなわち、「見る」ことを通じ、みずからのものにするのである。だからこそ、「見る」ことを通じて、「知る」ことになるのである。(5)

では、以上を踏まえ、なぜ共に在ることを常態であると考えることができるのかという問題を明らかにしたい。『萬葉集』中には「相見る」という言葉が見られる。例えば、

なかなかに黙《もだ》もあらましを何すとか相見そめけむ遂げざらまくに

(巻四、六一二、笠女郎)

大刀の後玉纏《しりたまき》田居にいつまでか妹を相見ず家恋ひ居らむ　（巻十、二二四五）

という歌がある。これらの「相見」は、いずれも相手とお互いに見交わすという意味である。(6) よって、「相見る」は「逢う」「お目にかかる」と訳される。例えば、六一二は、「声などかけず黙っておけばよかった、何だってお逢いしてしまったのだろう。遂げられない思いであったのに」、二二四五は、「大刀の後に玉を纏くという、この玉纏の田で、一体いつまでいとしい人に逢わずに、家恋しさのまま過ごすことになるのだろうか」と。歌の大意は確かにこの通りなのだが、ここでは「相見る」とは見交わすことであることに着目したい。「逢ふ」という語は、すでに萬葉の時代にはあるが、ここではその語を用いず、「相見る」という言葉が使用されている。ここに注目したいのである。

「見る」ことによって、「在る」ことを認知するがゆえに、それは「知る」ことに結びつくことを先に論じた。「相見る」こととは、お互いが相手を「見る」ことにほかならない。このことは、相手が「在る」ということを「見る」ことによって「知る」ことであり、同時に、相手によってみずからが「見」られ、「知」られることでもある。したがって、「相見る」こととは、相手が「在る」ということを「知る」ことであり、同時に、みずからが「在る」ということを「知」られることなのである。すなわち、〈見る―見られる〉関係の内にしか、在ることはできないということになるのである。

このように、〈見る―見られる〉関係、すなわち「相見る」ことが可能であってはじめて「在ること」は成立するのである。よって、「共に在る」ことでしか「在る」ことは保証されない。だからこそ、共に在ることを「在ること」とし、常態として位置づけることになるのである。

(1)〔釋注〕など。
(2)〔釋注〕。
(3)北山正迪『萬葉試論―歌の流れと「存在」の問題―』(和泉書院、一九九八年)。
(4)内田賢徳『上代日本語表現と訓詁』(塙書房、二〇〇五年)。
(5)「見る」ことと「知る」こととの結びつきについては、伊藤益『日本人の知―日本的知の特性―』(北樹出版、一九九五年、五七頁以降)に詳論がある。
(6)〔新編〕四四七頭注に、「相見ルには、相手と互いに見交す意の場合と、何らかの対象があってそれを他人と共に見る意の場合がある」(二四八頁)とあり、『萬葉集』中の「相見」るの大多数は前者であることも指摘されている。

第二章　萬葉人と自然

―共在の媒介・障壁―

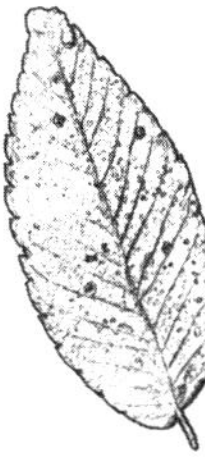

【写真】（著者撮影）
左上：雑賀崎から紀伊水道をのぞむ
右上：耳成山　左下：畝傍山　右下：天香久山

第一節　媒介としての自然

『萬葉集』には、花や木などの植物などをうたう歌が数多くおさめられている。このことから、「『萬葉集』の歌の作者は自然をうたう歌を作った」と言われることがある。しかしながら、歌中には、具体的な山川草木などが挙げられているだけであり、一首の例外を除き「自然」という語は見られない。

文学研究の分野では、作者が対象を選択し歌という形式の作品として表現する行為としてそれをとらえ、歌の分類・分析が行われることが多い。「作者」や「作品」という概念は、思念や情緒を抱く「個人」がまず在り、その「個人」が何らかの「表現」を「創作」するという前提に立って成立している。このような視点から、作者の作風の分析や、同一の対象を取り上げた作品という枠組みが形成され、それを用いて分類・分析が行われる。すなわち、研究自体が「個人・研究者（主体）―研究対象（客体）」構造の中にあり、萬葉人も同じように「個人・作者（主体）―対象・作品（客体）」構造の枠組みでとらえられているのである。

もちろん、そのような研究がなければ、『萬葉集』の諸相や実態は明らかにはならない。しかし、ここまで明らかにしたように、萬葉人は「個人」という概念、すなわち、「個人」が何ものにも先立って在るという考え方をしてはいない。「個人」がまず在るのではなく、「在ること」とは、〈見る―見られる〉関係においてのみ成立する「共に在る」ことにほかならなかった。このことを踏まえるならば、「個人」の先在や主客の構造を前提として歌を扱うだけではなく、一度、彼らのものの見方・考え方に即して、歌に示された思念を明らかにすることも必要であろう。本書は、以下、第二節まで、山川草木など便宜的に「自然」と呼びながら、論を進める。

『萬葉集』巻七の「雑歌」、「月を詠む」の項に、

玉垂の小簾《おす》の間通し獨《ひとり》居て見る験《しるし》なき夕月夜かも

（巻七、一〇七三）

という歌がある。簾越しに「ひとり」居て眺めるのでは、夕月も意味がないというのが大意である。この歌にも、前節で触れたように、「ふたり」共に居ることができないから、〈いま・ここ〉において「ひとり」居るということが示される。「ひとり」居て夕月を「見る」ことをしても意味（「験」）がない、「ふたり」居て夕月を「見」てこそ意味があるというのである。では、「ふたり」共に月を「見る」意味とは、一体何であろうか。このことは次に挙げる大伴旅人の歌から明

らかになる。

天平二年庚午の冬の十二月に、大宰帥大伴卿、京に向ひて道に上る時に作る歌五首

我妹子が見し鞆の浦のむろの木は常世にあれど見し人ぞなき　（巻三、四四六）

鞆の浦の磯のむろの木見むごとに相見し妹は忘らえめやも　（巻三、四四七）

磯の上に根延ふむろの木見し人をいづらと問はば語り告げむか　（巻三、四四八）

右の三首は、鞆の浦を過ぐる日に作る歌。

妹と来し敏馬《みぬめ》の崎を帰るさにひとりし見れば涙ぐましも　（巻三、四四九）

行くさにはふたり我が見しこの崎をひとり過ぐれば心悲しも　一には「見もさかず来ぬ」といふ　（巻三、四五〇）

右の二首は敏馬の崎を過ぐる日に作る歌。

旅人が大宰帥に任命され、筑紫に向かったのは、神亀四〜五年（七二七〜七二八年）頃と推定される。妻大伴郎女や長子大伴家持（母は不明）も筑紫に同行した。赴任後間もなく、旅人は妻大伴郎女を失った。今挙げた五首は、旅人が大宰府から帰京する際、その道中、鞆の浦（現在の福山市鞆町付近）および敏馬の崎（現在の神戸港の東付近）における歌である。

四四六では、妻が見たむろの木は、これからもずっとそのままだが、それを見た妻が今はもういないとうたわれる。［妻―木］という往路の様子と、［×―木］という妻がいない復路の様子とが対比される。ここで旅人は、むろの木を、妻が見たものとして意味づけている。

続く四四七は、旅人自身の話である。旅人は、このむろの木を見るたびに、共にこの木を見た妻が思い出され忘れられないという。［（妻＋旅人）―木］という構図の往路と、［（×＋旅人）―木］という構図の復路とが対比される。その木は無数にあるむろという種類の樹木ではなく、旅人にとっては、妻が見た木であり、妻と共に見た木であるから、それを「見る」と妻のことを想起せざるを得ないというのである。ここから、共にむろの木を「見る」意味が明らかとなる。

このむろの木は、妻が見た木であり、妻と共に見た木であると旅人によって意味付けられている。妻はむろの木を「見る」ことにより、その木を「知る」。旅人は、その様子を「見る」ことにより、「知る」。同時に、旅人も同じ木を「見る」ことにより、その木を「知る」。つまり、同一のものを共に「見る」ことにより、それを共に「知る」ことで共有したのである。旅人にとって、このむろの木は、妻とみずからとをつなぐ亡き妻を想起せざるを得なかった。「見る」ことになった旅人は、この木がつなぐ亡き妻を想起せざるを得なかった。

これと同様に、旅人にとって、敏馬の崎も、妻とみずからをつなぐ媒介である。四五〇では、「ふたり」と「ひとり」という語が一首の内に並ぶ。「ふたり」共在することが常態である。往路、妻と「ふたり」共に見た敏馬の崎を、いま・ここでは「ひとり」見て、妻の非在を痛感せざるを得ない。なぜなら、敏馬の崎は、旅人にとって妻とみずからとをつなぐ媒介だからである。

すると、先に挙げた一〇七三における「ふたり」共に月を「見る」意味とは、月が「ふたり」をつなぐ媒介となることであると言える。「ふたり」共に月を「見る」ことで、お互い月を「知る」ことになり、同一のものを共有することができる。よって、月は「ふたり」をつなぐものとなる。これが共に月を「見る」意味である。しかし、一〇七三の時点においては、共に月を「見る」ことができないから、その月は「ふたり」をつなぐものとしては機能し得ない。したがって、「見る験なき」もの、「見る」意味がないものとしてうたわれるのである。このように、萬葉人は「ふたり」が共有し「ふたり」をつなぐものとして、「自然」を意味づけているのである。

さて、旅人は四四六で、妻がむろの木を見たことをうたっていた。その光景を旅人は横で見ていたからであろう。「自然」を共に「見る」ことはできても、共に在ることができない情況ではどうなるのであろうか。

あしひきの山はなくもが月見れば同じき里を心へだてつ
（巻十九、四〇七六、大伴家持）

「へだつ」とは、隔てるという意味の動詞である。一首は大伴家持が無二の歌友である大伴池主に贈った歌である。月に照らされる同じ里にいるはずであるのに、眼前には山が立ちはだかっており、池主と共に在ることができない。同じ月を「見る」ことができるにもかかわらず、心が隔てられてしまっているというのである。同一の月を「見る」ことができる情況においては、共に在ることができないことに問題があると示される。月という「ふたり」をつなぐ媒介があっても、共に在ることができない場合、共在できないことが問題なのである。

前節で論じたように、「見る」ことによって「在る」ことが確定されるのであるから、「見る―見られる」関係、すなわち「相見る」ことが可能であってはじめて「ふたり」共に「在ること」は成立する。山に隔たれた家持と池主は、山の上に見ることができる月を共有することができても、お互いを「相見る」ことはできない。「相見る」ことができる共在の成立を前提として、「自然」を共に「見る」ことで共有することにより、「自然」は「ふたり」をつなぐものとして機能するのである。

第二節　隔絶する自然 ――「家―旅」構造と共在 ――

前節では、「ふたり」をつなぐものとしての「自然」について触れた。『萬葉集』の中には、これとは逆に、「ふたり」共に在る常態を、分断・隔絶し、共在不可能にするものとして「自然」を位置づける歌も見られる。例えば、

心ゆも吾《あ》は思はずき山河も隔《へだ》たらなくにかく恋ひむとは

（巻四、六〇一、笠女郎）

海山も隔《へだ》たらなくに何しかも目言をだにもここだ乏《とも》しき

（巻四、六八九、大伴坂上郎女）

といった歌が挙げられる。六〇一に「山河」、六八九に「海山」とあるように、「ふたり」を隔てるものとして海や川も挙げられる。いずれの歌にも「隔たらなくに」とあるように、「ふたり」

を隔てるものはないのに、共に在ることができないと示される。

萬葉人にとって、山川海を容易に越えるものは、前節で取り上げた四〇七六にある月の光や風などであり、人がそれら山川海を越えることは多大なる困難と危険を伴うものであった。山には賊や獣が潜んでいるかもしれず、川や海を渡る際には急流や荒波によっていつ舟が横転するかわからない。山川海を越えることは命がけである。何らかの事情で、共に在るべき相手が山川海を越えて山の向こうに行ってしまったとき、山川海は「ふたり」を、分断し隔絶するものとして意味づけられる。

萬葉人の多くは、そのような山川海により囲まれた場所に住んでいた。そのような一定の居住圏内で生活を営む者にとって、その圏外は、未知なる世界にほかならない。「見る」ことが「知る」ことである者にとって、視覚的に確認することが不可能な世界は、「知る」ことができない世界である。萬葉人が日常の生活を営む一定の居住圏を本郷と呼ぶならば、周囲の山川海を越えた、その圏外の未知なる世界は異郷と言うべきであろう。『萬葉集』において、本郷と異郷とは対比的にうたわれており、それぞれ「家」と「旅」に位置する。

家にあれば笥に盛る飯を草枕旅にしあれば椎の葉に盛る　（巻二、一四二、有間皇子）

家離り旅にしあれば秋風の寒き夕に雁鳴き渡る　（巻七、一一六一）

一四二は、家にいるときは立派な器に盛りつけてお供えする飯《いい》であるが、旅路にあるので飯を椎の葉に盛るという意である。一一六一は、家を離れ旅路にあると、家からの使者であるという雁が鳴きながら渡っていくとの意である。いずれも旅先にて家を思う歌であり、「家」と「旅」とが対比的に示されている。このような「家」と「旅」との対比は、「旅」の不安や悲嘆を開放する形式であり、「家―旅」構造とも言うべき表現であることが、伊藤博『萬葉集の歌人と作品』などによって指摘されている。(1)このような「家―旅」構造を有する歌や歌群は、いずれも旅先にて家を思う歌であり、家で旅を思う歌ではない。例えば、家での退屈を逃れるために、旅に出ることを望む歌などは見られない。萬葉人はいつも、旅先にて、家を思わずにはいられないとうたうのである。これは一体どうしてであろうか。なぜ「家」と「旅」が対比的に語られているにもかかわらず、旅先で家を思う歌ばかりであり、家で旅を希求するような歌はないのだろうか。そもそも、萬葉人にとって「家」や「旅」とはどういうことなのであろうか。

萬葉人にとって山川海を越えることは、多大な困難を伴った。慣れ親しんだ本郷を離れ、山川海を越え、異郷の地に置かれることは、彼らにとって苦難でしかなかった。このことは、

草枕旅を苦しみ恋ひ居れば可也の山辺にさを鹿鳴くも　（巻十五、三六七四）

という歌に「旅を苦しみ」と明言されている。

　現代の私たちは日常生活の困苦や退屈を逃れて、非日常的な世界へ足を運ぶことを旅と呼ぶことがある。その意味での旅は、必ず日常へ帰還することが保証されていることを前提としている。しかしながら、萬葉人にとって、本郷を囲み異郷とそれとを隔てる山川海を越えることは、生命の危険をおかすことである。旅に一度出てしまったら本郷へ帰還することは保証されていない。さらに、先述の通り、山川海という自然は、「ふたり」を隔絶するものである。「ふたり」共に在ることが在ることである者にとって、「ひとり」とは在ることを意味しない。山川海に隔たれた者は、その障壁により、相手を「見る」ことができない。よって、「相見る」こと、すなわち、〈見る―見られる〉関係が成立しない。山川海という自然が、共在の障壁となるのである。「旅を苦しみ」というときの困苦とは、〈見る―見られる〉関係が成立し共に在ることができる「家」を、一方が離れることにより、山川海に隔たれ、共に在ることができないことに由来するのである。この三六七四は、次のような七首一連の歌の一首である。

引津の亭《とまり》に船泊《ふなどま》りして作る歌七首

草枕《くさまくら》旅を苦しみ恋ひ居《を》れば可也《かや》の山辺《やまへ》にさを鹿鳴くも　（巻十五、三六七四）

沖つ波高く立つ日にあへりきと都の人は聞きてけむかも　（巻十五、三六七五）

右二首は大判官。

天飛ぶや雁《かり》を使《つかひ》に得てしかも奈良の都に言告《ことつ》げ遣《や》らむ　（巻十五、三六七六）

秋の野をにほはす萩は咲けれども見る験《しるし》なし旅にしあれば　（巻十五、三六七七）

妹《いも》を思ひ寐《い》の寝《ね》らえぬに秋の野にさを鹿鳴きつ妻思ひかねて　（巻十五、三六七八）

大船に真楫《まかぢ》しじ貫き時待つと我れは思へど月ぞ経《へ》にける　（巻十五、三六七九）

夜を長み寐の寝らえぬにあしひきの山彦《やまびこ》響《とよ》めさを鹿鳴くも　（巻十五、三六八〇）

これらは、『萬葉集』巻十五の遣新羅使人歌群の内の七首である。遣新羅使とは、朝鮮半島東南部にあった新羅に派遣された使者のことである。これをめぐり、使者たちの手による歌を実録したものなのか、あるいは、後の編者によって脚色・創作された歌物語なのかという議論がある。現在では、部分的に脚色され追加され全体を整えた痕跡のある歌が混在していることが明らかにされている。とはいえ、すべてがそのようなものかは不明である。ここでは、そのような歌の背景や構成の議論ではなく、この七首一連の歌の内部における「家—旅」構造と、共に在ることとの関わりを明らかにする。

題詞に「引津の亭に船泊りして作る歌」とある。これにしたがえば、現在の福岡県糸島郡付近、糸島半島の南西沿岸に位置する引津の亭に宿泊した際の歌であることになる。冒頭の二首の左注に「右二首は大判官」とある。すなわち、二首は使者一行の中の大判官（副使に次ぐ高官）の歌である。遣新羅使は各地において宿泊しつつ海を渡った。その宿泊地の一つがこの引津の亭である。また、大判官という官職名があるように、任命を受けた官人が一行を成してこの旅に臨んでいる。

三六七七に、旅とはどういうことであるかが具体的に提示されている。一首は、秋の野に咲きほこる萩が咲いているが、旅に出ており共に見る人がいないので、見る意味がないとの意である。萩が咲いたけれども、今は「旅」であるから萩を見ても意味がないというのである。つまり、萩は共に「見る」ことにより「ふたり」の媒介となっており、今、それができないからこそ、意味が喪失しているというのである。このことは、三六七八に「妹《いも》を思ひ」寝ることができないとうたわれていることからも明らかである。「妹—背」という一体的な「ふたり」のどちらかが「旅」に置かれた場合、「ふたり」は共に在ることができず「ひとり」となる。すなわち、「旅」とは、共に在ることができないことを意味するのである。

萬葉人は、共に在ることができない「旅」に置かれたとき、「家」へ回帰することを希求する。

大刀《たち》の後玉纏田居《しりたままきたゐ》にいつまでか妹《いも》を相見ず家恋ひ居らむ　（巻十、二二四五、秋相聞）

一首は新田を開拓するために田庄に来ており、長い間妻と逢っていない男の歌である。「この田で一体いつまでいとしいあの子と逢わずに家恋しく思って居ることになるのだろうか」との意である。男は「イヘ」から離れ「妹」と共に在ることができない状況にある。「ふたり」ではなく「ひとり」なのである。ここで「妹」と見交わしていないことを「相見ず」と表現していることに着目したい。

「ふたり」とは、山川海に隔絶されることなく、お互いを視覚的に把握すること、すなわち〈見る—見られる〉関係のもとに成立する（第一章第二節参照）。二二四五では、妻を「相見」ることができず、お互いを「見る」ことができないので「知る」ことができないとうたわれる。すると、「家」であれば、お互いを「相見る」ことによって把握し合うことにより、「ふたり」共に在ることが可能であるということになる。次に挙げる歌はこのことの証左となる。

去家而《たびにして》妹を思ひ出でいちしろく人の知るべく嘆きせむかも　（巻十二、三一三三、「羈旅發レ思」）

里離《さそさか》り遠くあらなくに草枕旅とし思へばなほ恋ひにけり　（巻十二、三一三四、「羈旅發レ思」）

三一三三は、「旅に置かれたら妻を思い出し、周りの人がはっきりとわかるほどに、嘆くことであろうか」の意である。「旅」に向かう前に、「旅」に置かれたときの思いを想起した男の歌である。三一三三の「タビ」の原文は「去家」である。これについて［釋注］は、次のように述べる。「『旅』の原文『去家』は、家（妻子・家族）を離れて異郷にあるのが『旅』であることを示す表記」であると。これは、『萬葉集』中、この一例しか見られない表記であるため、表記のみを根拠として、家を離れることが「タビ」であると萬葉人が考えていたと断言することは躊躇される。次の三一三四に「里離り」という語が見られるため、この語と共に「旅」とはいかなることかを検討したい。

三一三四では、「里を離れてさほど遠くに来たわけではないのに、旅に置かれていることを思うと、やはり恋しくてたまらない」とうたわれている。実際に「タビ」に置かれたとき、男は妻と共に寝ることはできない。「タビ」に置かれたことを意識すると、恋しく思わずにはいられない。歌には何に「恋ひ」するかについて明示されていない。しかし、妻であり里であることは容易に推測することができよう。「里離」ることによって、共に寝ることができないとき、「旅」に置かれたことを意識し、男は「家」すなわち「ふたり」共に在ることを希求するのである。

「旅」に置かれたことを意識したとうたう三一三四には、「里離り」と、里を離れたことが明示されている。男は「旅」に置かれたことを意識し、「ふたり」共に在ることができないからこそ、「ふたり」共に在ることのできる「家」に恋いこがれるのである。「家」では、「妹―背」（妻―夫）が「ふたり」共在できる。しかし、「家」のある「里」を離れ、山川海などの自然に隔絶されることにより、「旅」に置かれる。そこで男は共に在ることができる状態、すなわち「家」へ回帰することを切望するのである。

このように、共に在ることができる状況が先にあってこそ、共に在ることができない状態が生ずる。つまり、「旅」において「家」を思うことは、「旅」の前に「家」（共に在ること）が成立していてこそ可能なのである。

意志・理性などを持つ「個人」がまず「在る」という考え方からは、その「個人」が「家」にとどまるか、「旅」に出るかという選択を行うという発想が生まれる。それは在ることの原点が「個人」だからである。よって、家にいるときに旅に出たいと考えたり、逆に、旅に置かれ家に戻りたいと考える選択が可能である。しかしながら、萬葉人は、「個人」がまず「在る」とは考えていない。「在る」とは〈見る―見られる〉関係において、共に在るという形で成立する。原点は共在なのである。だからこそ、家において、共に「相見る」ことができることがその根拠となるのである。そこから「去」り、山川海などの自然に隔絶され、「相見る」ことができないとき、共に在ることができないことを自覚する。それが「旅」なのである。以上のように、「家―旅」構造は、「ふたり」と「ひとり」、共在と非‐共在という、「在ること」に対する萬葉人の思念の問題として理解することが可能となる。

第三節　人間と「自然」

本章第一節では、共に見ることによって、「ふたり」をつなぐものとして位置づけられた「自然」について検討した。第二節では、逆に、「ふたり」を隔絶するものとして位置づけられた「自然」に着目しながら、「家―旅」構造と共に在ることとのかかわりを論じた。すると、萬葉人にとって、「自然」とは、共在の紐帯であり、一方で障壁であるということになる。このように、「自然」が相反するものとしてとらえられるのはなぜだろうか。

本章で触れた歌には、「月」「むろの木」「敏馬の崎」「山河」「海山」「萩」といった具体的な事物がうたわれていた。第一節以降、それらを便宜的に「自然」と呼んだが、いずれの歌にも「自然」という言葉は見られない。『萬葉集』中に見られる「自然」の語は、次の一首一例のみである。

山辺の五十師《いし》の御井《みゐ》は自然《おのづから》成れる錦を張れる山かも

（巻十三、三二三五、雑歌）

この一首の原文に「自然」と表記されており、「おのづから」と訓《よ》まれる。[2] 三二三五は、山辺の五十師の御井（水の湧く地）こそは、ひとりでに織りなされた錦を張りめぐらせた山なのであるという意である。この歌と一連をなす長歌三二三四に「山辺《やまのへ》の　五十師《いし》の原に　うちひさす大宮仕へ　朝日なす　まぐはしも　夕日なす　うらぐはしも　春山の　しなひ栄えて　秋山の色なつかしき」とあり、朝日のように目にしみ、夕日のようににじむ、春山のように生気旺盛で、秋山の照り映える装いも好ましい、と示される。「錦を張れる」とはこのようなことである。長歌三二三四を踏まえると、この様子が「自然成《おのづから》れる」ことであるということになろう。いずれにせよ、この「自然」とは、山川草木を包括する一般概念ではない。

萬葉人は、「自然《しぜん》」という概念を前提として、「自然とは何か」といった議論を行わない。「月」「むろの木」「敏馬の崎」「萩」は、「見る」ことができる具体的な対象として挙げられた。「山河」「海山」は、「ふたり」を隔《へだ》つ具体的な対象として示された。「見る」ことが「知る」ことである萬葉人は、眼前の具体的な対象を「見る」ことによって「在る」と確定し、それを「知る」。だからこそ、うたう対象は具体的な事物になる。

後世の者が「自然《しぜん》」という概念を前提に『萬葉集』と対峙すると、山川草木がうたわれていることを見て、即座に「これは自然をうたった歌である」と評することがある。しかしながら、萬葉人は、現在の私たちが用いるような「自然《しぜん》」という概念を有していない。

先に挙げた「月」「むろの木」「敏馬の崎」「萩」は、共に在ることの媒介として意味づけられていた。一方、「山河」「海山」は共に在ることの障壁に位置づけられていた。しかし、「山河」の語が見られる次のような歌もある。

今造る久邇《くに》の都は山河のさやけき見ればうべ知らすらし

（巻六、一〇三七、大伴家持）

一首は、造営中の久邇京をめぐる山や川がすがすがしいのを見ると、ここに遷都することがもっともなことだと納得できるという意である。ここで、「山河」は人を隔てるものとしてではなく、久邇京遷都の正しさのあらわれとして、すがすがしいものであるとされている。

以上のことから、「むろの木」と種類の樹木に人を結びつける性質があり、「山河」に人を隔てる性質と、すがすがしいと感じさせる性質があると、萬葉人が考えていたとしてはならない。そのようなものの見方を用いて分類・分析することが誤りなのである。

そもそも、萬葉人は、まず「個人」が在って、その「個人」が諸物を対象として把握するという形で物事をとらえていない。「個人」の先在を前提とし、事物を対象化し、その事物一般がいかなる性質を有しているかといった視点で物事と向き合ってはいないのである。

萬葉人にとって、〈見る—見られる〉関係が成立し共に在ることができることが常態であり、「在ること」の原点である。「月」「むろの木」「敏馬の崎」「萩」「山河」「海山」は、それぞれが人と人とのかかわりによって意味づけられている。今挙げた一〇三七では、造営中の久邇京を前にした大伴家持によって「山河」が意味づけられているのである。「見る」ことによって、「在る」ことを確定するのであるから、「見」られる対象は、「見る」者によって意味づけられるのである。つまり、眼前の事物は自分（たち）にとっていかなる意味があるのかをうたうのである。

本節冒頭で、萬葉人にとって「自然」とは、共在の紐帯であり、一方で障壁であるというように相反することになるという疑問を提示した。今述べた通り、萬葉人は、山川草木すべてを包括し一般化する「自然《しぜん》」という概念を用い、それが人間とは別に独立したものであるというものの見方はしていない。よって、先の疑問が、萬葉人は「自然《しぜん》」をどのような性質が内在していると考えていたのかという問いであれば、問い自体が誤りとなる。

繰り返しになるが、萬葉人は、自分（たち）とのかかわりによって、諸物を意味づけている。なぜなら、それは、「見る」ことによって、「在る」ことを確定するからにほかならない。したがって、眼前の諸物は、自分（たち）にとっていかなる意味があるのかという形で思考し、歌をうたうのである。

以上から、萬葉人は、「自然《しぜん》」（と現代の私たちが呼ぶ諸物）を、自分（たち）の置かれた情況から、主体的に意味づけているということになる。人間が「見る」ことによってはじめて、「自然《しぜん》」（と現代の私たちが呼ぶ諸物）は、目の前のほかならぬこのものとして、それは〈いま・ここ〉における自分（たち）にとってどのようなものなのかという形で、具体的に意味づけられるのである。

（1）伊藤博『萬葉集の歌人と作品　下』（塙書房、一九七五年、六六頁以下）、同『万葉集の表現と方法　下』（塙書房、一九七六年、一二五頁以下）、同『萬葉のいのち』（はなわ新書、一九八三年、一三二頁以下）などに詳述されている。

（2）諸本に異同はない。

第三章　知の位相と現実

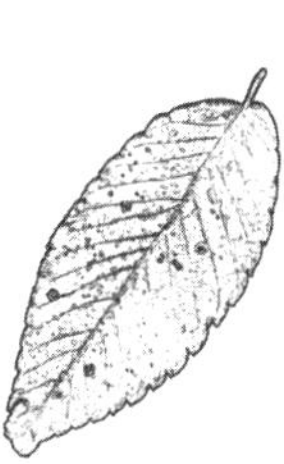

【写真】（著者撮影）
佐保川

第一節　体得と理解 ―― 無常の認知をめぐって ――

世間《よのなか》を常無きものと今ぞ知る奈良の都のうつろふ見れば

（巻六、一〇四五、「作者不ㇾ審」）

天平十二年（七四〇年）十二月、聖武天皇は恭仁宮へ行幸し、その地において京の造営が開始される。その四年後、天平十六年（七四四年）二月、聖武天皇は紫香楽行幸中、難波宮に遷都することを決定する。しかし、翌年五月には平城に還都する。[1] このような状況の中、奈良の都の荒廃を「見る」ことが同時に無常を「知る」ことであると、一〇四五ではうたわれる。ここでは、無常が「知る」対象となっている。

第一章第二節では、「見る」ことにより「在る」ことが確定され、それにより「知る」ことが可能となるという萬葉人の考え方に触れた。一〇四五もその例に漏れず、荒廃した奈良の都を「見る」ことにより、「世間」には常なることはないことを今まさに「知る」ことになったという。しかし、一首において、「見る」ことにより、「知る」ことになったのは、モノではなく、「世間」には常なることがないというコトである。『萬葉集』には、

世の中はむなしきものと志流等伎子《しるときし》いよよますます悲しかりけり　（巻五、七九三、大伴旅人）

うつせみの世は無常《つねな》しと知物乎《しるものを》秋風寒み偲ひつるかも　（巻三、四六五、大伴家持）

世間は常かくのみと可都知跡《かつしれど》痛き心は忍びかねつも　（巻三、四七二、大伴家持）

という歌が見られる。いずれにも「知る」という言葉が用いられ、「世間」が「無常」であることがうたわれている。これらをうたった大伴旅人と大伴家持の無常に対する思念を比較したとき、次のような差異があることがわかる。旅人は、世の中はむなしいものであると「知る」とき、ますます悲しくなるというように、世の中の無常を「知る」ことと、悲嘆することとを順接

させる。[2] 一方、家持は、この世が無常であることを「知」っているけれども、悲嘆してしまうと、無常を「知る」ことと悲嘆することとを逆接させる。両者とも「世間」が「無常」であるという事柄を「知る」対象としているにもかかわらず、無常を「知る」ことと悲嘆することとの関係が異なっているのである。なぜこのような相違が生ずるのだろうか。まず、ここでは旅人と家持の「知る」ということに対する位置づけに着目し、それぞれのうたを検討することでこれを明らかにする。

大宰帥大伴卿、凶問に報ふる歌一首
禍故重畳し、凶問累集す。永に崩心の悲しびを懐き、独ら断腸の涙を流す。ただ、両君の大助によりて、傾命をわづかに継げらくのみ。筆の言を尽さぬは、古今嘆くところ。
世の中はむなしきものと志流等伎子《しるときし》いよよますます悲しかりけり
神亀五年六月二十三日
（巻五、七九三、大伴旅人）

第二章第一節でも触れたが、旅人は、大宰帥に任ぜられ、妻大伴郎女や長子大伴家持を連れ大宰府に向かい、妻を失う。七九三において、旅人は、今まさに「世の中はむなしきものと知る時」であるとうたう。旅人は、みずからの置かれた今この時こそが、「世の中はむなしきもの」であると「知る時」であるという。ここで旅人は、無常を「知る」ことの対象としている。

一首の序には、「凶問」が「累集」したとあり、妻の死に続き、旅人の身辺に不幸が生じた報せが届いたことがうかがえる。芳賀紀雄『萬葉集における中國文學の受容』(3)によれば、序の導入部にある「禍故重畳」と「凶問累集」、「永懐崩心之悲」と「独流断腸之泣」とは対であり、「『永』に対して、『独』は、空間的な旅人の位置を表わ」(三〇一頁)し、「共に流涕する伴侶のいないさまも暗示する」(三〇一頁)と解することができる。よって、旅人の悲しみは「凶問」に接することにより湧出したものではなく、「『禍故』にまつわる悲悼」(三〇一頁)であると見なすべきであるという。

これにしたがうならば、旅人にとって、妻の死に直面し、その事実を認めることが、無常を「知る」ことにほかならない。すなわち、実際に現前の事実と対峙することが「知る」ことであり、それによって「いよよますます」悲嘆せざるを得ないのである。妻の死という事実を「世の中はむなしきもの」とする証左として経験した、その経験の体得が「知る」ことであった。よって、無常を「知る」ことと、悲嘆することとは、順接される。

一方、先に挙げた四六五、四七二は、内舎人であった二十二歳の家持の手による亡妾《ぼうしょう》を傷《いた》む一連の十三首(巻三、四六二〜四七四)の中にある。家持の妾《しょう》は「天平八年頃、三歳ばかりの子を残して死んだらしい」[4]と考えられている。妾とは正妻に次ぐ妻の一人であり、当時は公認されていた。十三首は、天平十一年（七三九年）夏六月の第一群（四六二～四六四）、同年夏六月から秋七月へと月が変わった際の第二群（四六五～四六九）、それに続く形で第三群（四七〇～四七四）がうたわれた。

家持は四六五において、無常であると知っているものの秋風の寒さを感じると今は亡き妾を想起してしまうとうたう。四七二では、世の中はいつもこのように無常であると知っているけれども痛切なる気持ちは抑えられないという。これら家持の歌は、先に確認したように、旅人の七九三とは異なり、無常を「知る」ことと悲嘆することとを逆接させているのである。次に挙げる家持の歌にも、同様の傾向を認めることができる。

寿を願ひて作る歌一首

美都煩《みつぼ》なす仮れる身ぞとは知れれどもなほし願ひつ千年《ちとせ》の命を

（巻二十、四四七〇）

一首は家持三十九歳の頃の歌である。はかないこの身であると知っているけれども千年の命を願わずにはいられないという意である。これもやはり「Aと知っているがBしてしまう」という形である。これは、「Aと知っているならばBしないはずだ」という前提に立っているからこそ成立する思考である。

無常であると知っているならば秋風の寒さを体感しても亡き妾を想起しないはずだ、しかし想起してしまう（四六五）。世の中はいつも無常であると知っているならば痛切なる気持ちは抑えられるはずだ、しかし抑えられない（四七二）。はかないこの身であると知っているならば千年の命は願わないはずだ、しかし願ってしまう（四四七〇）。

さらに、家持は「聟」の藤原南家の次男が母を失った際の挽歌、長歌一首、短歌二首の内の短歌第二首において、

世間の無常《つねなき》ことは知るらむを心尽くすなますらをにして　（巻十九、四二一六）

とうたう。世の中が無常であることは知っているだろうに、心尽き果てるまでお嘆きになるな、ますらおの身で、と。無常であると知っているならば、悲嘆することなどないはずだ、しかしあなたは悲嘆しているであろうというのである。ここでも先に見た「Aと知っているならばBしないはずだ」という形で、母を亡くした藤原南家の次男を励ます。

「知るものを」(四六五)、「かつ知れど」(四七二)、「知れれども」(四四七〇)、「知るらむを」(四二一六)。これら四首において家持は、世の中が無常であることを「すでに知っているけれども」というのである。つまり、世の中が無常であるという事柄を、既知のこととしてうたうのである。家持はこのことを、

世間の無常を悲しぶる歌一首 并せて短歌

天地の　遠き初めよ　俗中は　常無きものと　語り継ぎ　流らへ来れ　天の原　振り放け見
れば　照る月も　満ち欠けしけり　あしひきの　山の木末《こぬれ》も　春されば　花咲きにほひ　秋
づけば　露霜負ひて　風交《まじ》り　もみち散りけり　うつせみも　かくのみならし　紅の　色も
うつろひ　ぬばたまの　黒髪変り　朝の笑《ゑ》み　夕変らひ　吹く風の　見えぬがごとく　行く
水の　止まらぬごとく　常毛奈久《つねもなく》　うつろふ見れば　にはたづみ　流るる涙　留めかねつも
(巻十九、四一六〇、短歌略)

という歌で明言する。四一六〇の冒頭で、家持は「俗中は常無きものと語り継ぎ流らへ来れ」と、世の中が無常であることは、遥か昔から語り継がれてきた当然のことであるとうたう。四六五、四七二において、家持が無常については既知であるとうたうとき、世の中には常なるこ

とがないことを、過去から語り継がれてきた変えられない哲理として位置づけているのである。だからこそ、「知るものを」（四六五）、「かつ知れど」（四七二）と、このことは既知であるというのである。歌は「けれども」と続く。問題は、なぜこのことと悲嘆することとが逆接されるのかということであった。

世の中は不断に変化する。旅人はその非恒常的な姿、有から無への変化に直面し、無常を体得することが、無常を「知る」ことであると思考した。このように考える旅人は、有が無になるという変化それ自体に対して悲嘆する。一方、家持は、一切のものに常なきことを、既知である事柄としてとらえている。世の中の諸物の変転を法則であるがごとく既知の哲理と見なし(5)、理的な把握の対象としているのである。このように家持は、理的な把握という意味で「知る」という言葉を用いるのである。

前掲四四七〇の前に家持は、

病に臥して無常を悲しび、道を修めむと欲《おも》ひて作る歌二首

うつせみは数なき身なり山川のさやけき見つつ道を尋ねな

渡る日の影に競《きほ》ひて尋ねてな清きその道またもあはむため

（巻二十、四四六八）

（巻二十、四四六九）

という歌を残している。いずれもこの世にある一切のものが無常であるということを前提とし、その無常でしかあり得ない世間から逃避することを希求する歌である。「俗中は常無きものと語り継ぎ流らへ来れ」（四一六〇）とうたったように、昔から語り継がれてきた有から無への変化を哲理であると認める立場に立脚するならば、有から無への変化に直面したところで、そのことに悲嘆することなく、達観していられるはずである。哲理について既知であれば、そのことに悲嘆することはないはずである。しかしながら、家持は達観することはできない。このように家持は考えたのである。家持が無常であると「知る」と述べるとき、「知る」とは、一切のものは恒常的ではあり得ないという哲理を理知的に把握することなのである。

家持は、理知的に把握した無常と、達観を拒むみずからの情感の狭間で煩悶し、哲理は既知である（知っている）がゆえに達観可能であるはずであると考える。しかし、その思いは瞬時に悲嘆によってかき消されてしまうのである。哲理について既知である（知っている）ならば、達観できるはずである。しかしながら、家持にはそうすることができない。このような思念を家持は四六五や四七二において表明するのである。よって、無常を理知的に把握していることと、悲嘆することとが逆接されているのである。

「知る」ということを、無常との関わりを手がかりに、旅人と家持がそれぞれいかなることとして思念しているかを追ってきた。旅人にとって、体得的な把握が「知る」ことであった。旅人は、現世における有から無への変化を体得することが、無常を「知る」ことであると思念していた。一方、家持は無常を理知的に把握するものの、それと情感の間にかえって齟齬が生じ、その狭間で煩悶する。「知る」とは、旅人においては体得することを意味したが、家持においては理知的に把握することを意味した。この「知る」の意味の違いから、両者の無常に対する位置づけの差異は生ずる。つまり、旅人は有から無への変化自体を無常と見なし、それを体得することがすなわち無常を「知る」ことであると思念している。一方、家持にとっては、有から無への変化自体は既知の事柄であり理知的に把握していることである。理知的な把握が「知る」ということであったのである。家持は、有から無への変化に直面したとき達観することができない。家持は、理知と情念の狭間での達観への不可能な希求とその挫折に直面しているのである。

無常についてうたう際、家持は「知る」という語を理知的に把握するという意味で使用し、旅人は体得するという意味で使用している。この「知る」に対する思念の差異が、無常の位置づけの違いを生んでいるのである。

第二節　「知る」ことと現実

前節では、旅人と家持がどのような意味で「知る」という語を用いているかに着目することにより、体得的な把握と理知的な把握という、いわば二つの「知」の様相を明らかにした。この差異は、旅人と家持との無常に対する対処に反映される。「知る」と言うからには、体得的に把握するにせよ、理知的に把握するにせよ、現実の何らかの事態を無常なるものとして認めているはずである。次に、彼らが何を現実と見なしていたか、また、その現実に対して、いかなる思念をめぐらせ、どのような言動がなされたのかを明らかにしなければならない。

先に挙げた、

世の中はむなしきものと志流等伎子《しるときし》いよよますます悲しかりけり　（巻五、七九三）

という歌によって、旅人は、妻の死と対峙し、そのことを体得している今こそが「世の中はむなしきものと知る時」であると表明した。前掲、芳賀紀雄『萬葉集における中國文學の受容』(6)は、旅人における仏教思想の影響を認めつつ、旅人がここで用いている「むなし」を直ちに「仏教語『空』の直訳か」〔私注〕とすることに疑問を呈し、山上憶良の「日本挽歌」詩序のように「仏教の『空』の譬喩を直接に取り込んでいる場合とは異なり、旅人の『むなし』は意味合いを異にする」（三〇三頁）と指摘する。

「むなし」の語は、

故郷の家に還り入りて、即ち作る歌三首
人もなき空家《むなしきいへ》は草枕旅にまさりて苦しかりけり　（巻三、四五一）

という帰京後の旅人の詠にも見られる。芳賀説によれば、「『空家』は、確かに空屋・空舎の謂だが、『人もなき』という妻の欠落がなせる譬喩表現」であり、これは「仏教的な意味で用いるものではなく、より具象的な、妻など何者かの不在を表わす語と思議しうる」（三〇三頁）という。旅人は「自己の大切な人の喪失に際して、誰しも感ずるうつろさ、ぽっかりと穴のあいてしまったごとき、如何ともしがたいうつろさに端を発する用語」（三〇四頁）として「むなし」という語を用いた。この指摘を踏まえると、旅人は、直面している現実そのものに対して「世の中はむなしきもの」であると痛感し悲嘆していると考えるのが穏やかであろう。

七九三では、諸物の推移に直面して体得した（知った）とき、今まさに、一層悲しみが込みあげてくるとうたわれている。妻大伴郎女を亡くした旅人は、諸物が推移してしまうことやそれに悲嘆が伴うことに直面する。諸物が推移することを哲理として把握することは、旅人にとって「知る」ことではない。体得することこそ「知る」ことである。旅人の悲嘆は、諸物に推移があるという哲理に対してではなく、あくまでも眼前に在る事態に対して向けられる。実際に直面した事態から、以前実際に直面した具体的な事態を想起し、旅人の悲嘆は増幅する。すなわち、旅人の悲嘆は、旅人の眼前に在る現実から湧出し、その現実に向けられ、現実の内に横溢するのである。旅人にとって現実とは、哲理のごとく理知的に推定され、すべてのものに適応可能な論理として一般化できるものではなく、実際、具体的に体得していることなのである。

一方、家持は前掲の四一六〇とそれに続く短歌において、

世間の無常を悲しぶる歌一首并せて短歌

天地の　遠き初めよ　俗中は　常無きものと　語り継ぎ　流らへ来れ　天の原　振り放《さ》け見れば　照る月も　満ち欠けしけり　あしひきの　山の木末《こぬれ》も　春されば　花咲きにほひ　秋

づけば　露霜負ひて　風交《まじ》り　もみち散りけり　うつせみも　かくのみならし　紅の　色も
うつろひ　ぬばたまの　黒髪変り　朝の笑み　夕《ゆふへ》変らひ　吹く風の　見えぬがごとく　行く
水の　止まらぬごとく　常毛奈久《つねもなく》　うつろふ見れば　にはたづみ　流るる涙　留めかねつも
（巻十九、四一六〇）

言とはぬ木すら春咲き秋づけばもみち散らくは常をなみこそ　一には「常なけむとぞ」といふ
（巻十九、四一六一）

うつせみの常なき見れば世間《よのなか》に心つけずて思ふ日ぞ多《おほ》き　一には「嘆く日ぞ多き」といふ
（巻十九、四一六二）

とうたう。ここで家持は「常なき」「常もなく」「常をなみ」といった語と共に、それらがいかなる事態であるかを具体的に示す。家持が挙げる月の満ち欠け、山の木々のうつろい、人間の盛衰といった事柄は、「春」と「秋」、「朝」と「夕」という時間的推移を明示しているように、同時に経験できない事例である。すなわち、家持は、諸物の推移を一般化して、季節も月も人も木々もみな当然推移するものであり、常なるものはないとうたっているのである。このように、家持は、諸物の推移・変転を一般化し、法則のようにとらえており、諸物はその哲理から逃れられないという前提に立脚しているのである。したがって、ここでは、哲理の内に現実が位置付けられているのである。

第三節　「知る」ことと言動

旅人は、直面した事態そのものを現実と見なしてそれを描いた。旅人の悲嘆は現実から生じ今まさに体得しているものであった。一方、「知る」ことを理知的に把握することであると考える家持は、諸物の推移を哲理としてとらえ、現実とはその哲理の内にあるものとして思念した。両者の現実に対する位置付けの差異は、諸物の有から無への推移という抗しえない事態に対しての対処方法に反映される。

『萬葉集』巻三には、大伴旅人、沙弥満誓、山上憶良、小野老、大伴四綱の五人による筑紫における歌が収められている。その中に、旅人の讃酒歌十三首がある。次に挙げる三四七〜三四九はその第十〜十二首に位置する。

世間の遊びの道に楽しきは酔《ゑ》ひ泣きするにあるべかるらし　（巻三、三四七）

この世にし楽しくあらば来む世には虫に鳥にも我れはなりなむ　（巻三、三四八）

生ける者遂にも死ぬるものにあればこの世にある間は楽しくをあらな　（巻三、三四九）

これらは、旅人の邸宅で開かれた集宴にてうたわれたと推定される。旅人は、世の中のさまざまな遊びの中で最も楽しいことは酔って泣くことであるようだ（三四七）とし、そのように、この世が楽しければ来世では虫にも鳥にもなってしまおう（三四八）と続け、生あるものはいずれ死んでしまうものなのだからこの世にいる間は楽しく過ごしたいものである（三四九）とうたう。

旅人にとって「知る」とは、眼前に直面した事態を体得的に把握することであった。このことは、旅人が諸物の推移を哲理として把握していなかったということではない。「生ける者遂にも死ぬる」（三四九）とうたっているように、旅人はこの世にある諸物が有から無へと推移してしまうことを認めている。先に論じたのは、旅人はその哲理を把握しているということを、「知る」ことと呼ばないということであり、それは旅人が哲理を把握していなかったことを意味しない。旅人は哲理について理解し知識を有している。しかし、旅人にとって哲理を知識として理解することは「知る」ことではなかった。

旅人は、宴席にて友と酒を飲む。旅人は有から無への推移という哲理に対して、現世の内で酒を飲み楽しむことにより抵抗する。(7) 旅人にとって、現実とは、哲理のごとく理知的に措定され、すべてのものに法則的に適応されるものではなかった。それは、眼前に実際、具体的に体得していることであった。旅人にとって、〈いま・ここ〉で酒を飲むことが現実であり、有から無への推移という哲理は、現実ではなく理なのである。旅人は、体得的に把握した常ならざる現実に対し、哲理を前提として思考するのではなく、酒を飲むという具体的な実践を通じて抵抗したのである。

一方、家持はそのような有から無への推移について、

病に臥して無常を悲しび、道を修めむと欲《おも》ひて作る歌二首

うつせみは数なき身なり山川のさやけき見つつ道を尋ねな　（巻二十、四四六八）

渡る日の影に競《きほ》ひて尋ねてな清きその道またもあはむため　（巻二十、四四六九）

とうたう。旅人が有から無への推移に対し酒を飲むという具体的な実践により抵抗したのに対し、家持は、旅人のように哲理に対し反発することはせず、哲理を認めた上で、哲理の示す常ならざる現世とは異なる時空を希求するのである。

　四一六〇の「よのなか」の原文は「俗中」である。［釋注］[8]は、家持の「俗中」の語の意味が、『萬葉集』巻五の山上憶良の漢詩文に「俗道仮合即離」、「俗道変化」、「塵俗」などの語として見られるような「世は俗として存在するがゆえに転変が激しいという考え方に立つ『俗道』の語に近い」と指摘する。前掲、芳賀紀雄『萬葉集における中國文學の受容』[9]は、憶良の用いたこの「俗道」の語について、「『俗世間というものの来り行く道』つまり『世間《よのなか》のあり方（存在の仕方）』といった意」（三六四頁）であると述べる。家持がこの「俗道」の語を踏まえて「俗中」の語を用いたのであれば、家持は有から無への推移が纏綿する「俗中」から逃れ、俗ではない聖なる境地を希求したと言える。つまり、「俗世間というものの来り行く道」に対し、「清きその道」（四四六九）を家持は求めたのである。聖なる境地は〈いま・ここ〉にはない。現世にはないものを体得することは不可能である。家持は、理知的に解している有から無への推移に対し、理知的に措定する「清きその道」を求めたのである。

うつせみの常無き見れば世間《よのなか》に心つけずて思ふ日ぞ多き　一には「嘆く日ぞ多き」といふ

（巻十九、四一六二）

一首は、四一六〇、四一六一に続く短歌第二首である。この世における常なきことを目にすると、世の中に心を関わらせたくないと思う日が多くなると家持はうたう。眼前に在るものだけではなく、この世にあるすべてのものは常ならざるものであると一般化して哲理として理解する家持は、「うつせみは数なき身」（四四六八）とあるように、みずからをも常ならざるものとして理知的に把握する。(10) この世にある限り、みずからも無化を免れない。諸事物の推移を目の当たりにすると、家持はみずからをも含めたこの世のあらゆるものが変転するという哲理を想起する。そのとき、家持は、諸事物の推移には心を関わらせたくないと思うのである。理知的に把握している哲理にしたがい、あらゆるものが変化してしまう現世とは異なる聖なる境地を理知的に措定する。

以上をまとめると次のようになる。旅人も家持も現世に在る諸物が有から無へと推移するという哲理を把握している。しかし、旅人にとって、哲理の把握は「知る」ことではない。旅人にとって、有から無への変化に直面し、常なきことを体得することが「知る」ことである。よって、眼前の人や事物が常ならざることを体得したとき、そのときがまさに「知る」ときなのである。現世における有から無への推移という哲理に対し、旅人は抵抗する。体得的に把握した常ならざる現実に対し、酒を飲むという具体的な実践によって体得的に抵抗したのである。

一方、家持にとって、哲理の理知的な把握が「知る」ことである。諸事物の推移は、理知的に把握されている。それは哲理にほかならない。しかしながら、家持は諸事物の変転に直面すると悲嘆してしまう。現世において常なることはないと理解しているならば、無常である事柄に直面したとき、悲嘆などしないはずである。にもかかわらず、家持はそれに直面したとき悲しみを禁じ得ない。そこで家持は、「清きその道」を希求するに至るのである。家持は、現世における有から無への推移という哲理に対し、現世にはない「清きその道」を理知的に措定したのである。[11]

（1）恭仁宮行幸及び京の造営開始（『続日本紀』天平十二年十二月条）、難波宮を皇都に決定（『続日本紀』天平十六年二月条）、平城に還都（『続日本紀』天平十七年五月条）。

（2）「かなし」については、第七章第一節において詳述する。ここでは旅人の七九三の歌意に即し、悲嘆と解する。

（3）芳賀紀雄『萬葉集における中國文學の受容』（塙書房、二〇〇三年）。

（4）［釋注］一・三四〇頁。妾とは誰を指すのかなど具体的なことは不明。

（5）ここでは、有から無への推移という哲理として家持が念頭に置いているものは何かではなく、家持が哲理を普遍的な法則のように理知的に把握している点に着目するものであるため、家持がいかなる文献に示されたものを哲理として踏まえているのかということについては論じない。しかし、家持が踏まえている哲理とは、先学の指摘するように仏教に示される教理であると見てよいものだと考える。例えば、後秦の鳩摩羅什訳であり、空あるいは般若を説き諸法実相を解き明かす目的で論じられたと考えられる大智度論には、無常について次のような記述がある。

…無常に亦た二種有り。一には、念念の滅なり、一切の有爲法は一念の住に過ぎず。二には、相續の法は壊するが故に、名けて無常と爲す。人命の盡くるが如く、火の草木を燒くが如く、水を煎ずれば、消盡するが如し。…

（大智度論、巻第四十三、行相品、『大正新脩大蔵経』25-372b。以下、大智度論の読み下し文は『国譯一切経』に拠る）

…十二因縁を説くに三種有り、一には凡夫の肉眼に見る所は顛倒して我心に著し、諸の煩惱業を起し、生死の中に往來す。二には賢聖は法眼を以て諸法を分別し、老病死を心に厭うて世間に出でんと欲す、老病死の因縁を求むるに生に因るが故なり。是の生は諸の煩惱業の因縁に由る。何となれば、煩惱無き人は生ぜざればなり。是の故に、煩惱が生の因たることを知る。…

（大智度論、巻第八十、無盡方便品、『大正新脩大蔵経』25-622a,b）

大智度論は「論中に部派仏教の論書から法華経・華厳経などにいたるきわめて多くの経論からの引用を含み、仏教語彙の説明の間にさまざまの説話を挿入し、一種の仏教百科辞典の趣きを有する」（『総合佛教大辞典』法藏館、一九八七年）ものである。萬葉人がこれを目にしたか否かは知るよしもないが、一切の諸事物が有から無への推移することは現世にあれば必然であること、現世（生死）にあれば煩悩の纏綿を免れないことは、当時伝来していた諸仏典にも示されていたであろう。家持の言う「語り継ぎ　流らへ来」（四一六〇）たものは、仏教思想であると考えてよいと思われる。

（6）芳賀紀雄、前掲書。

（7）伊藤益「無常と撥無」（伊藤博・稲岡耕二編『萬葉集研究　第二十六集』塙書房、二〇〇四年、所収）は、讃酒歌を検討し、旅人は、仏教思想の飲酒戒や輪廻説に対し抵抗する思念を開示し、「生者必滅」の哲理については一応認めつつも、そうであるからこそ今ここで飲酒によって享楽を極めようとうたうことで、その哲理を拒絶しているのだと言及する。本書はこの立場を認めつつ、旅人の無常あるいは現実に対する認知の側面に焦点を当てて考究を進める。

(8) [釋注] 十・八五頁以下。

(9) 芳賀紀雄、前掲書。

(10) 青木生子「万葉集における『うつせ(そ)み』」(『萬葉挽歌論』塙書房、一九七四年、所収)は、萬葉集にあらわれる「うつせみ」「うつそみ」の語を具に検討し、次のように指摘している。「うつせみ」とはそもそも実際に体験し生きているこの現実を意味した。次第に、相聞歌などにおいて「人目」「人言」という語と共に用いられるようになると、恋情を通わせようとする二人の障害が眼前に在ると見なされ、現実に生きているという意味が拡大され「世間」「現世」「人間」という一般化・概念化可能な語義が生じた。
　このような検証を踏まえ、家持の亡妾を傷む一連の十三首の中に見える「虚蝉」(四六五)「打蝉」(四六六)、さらに、「聟」の藤原南家の次男が母を失った際の家持による挽歌の内、長歌四二一四に示される「宇都曾美」「宇都勢美」の四例を検討し、「死者に直面して実在の『うつせみ』を感じたのではなく、家持は『うつせみ』というものをかかるものとして知っていたのである」(三九七頁)と青木説は指摘する。検討の視座は異なるが、導出される見解は本書と一致するものであろう。

(11) 家持が考える「清きその道」とはどのようなことなのかについては、本書第六章第四節にて詳論する。

第四章　「吾等」の時空

―共在の根拠―

【写真】（著者撮影）
左：三輪の檜原　右上：橿原神宮
右下：ツバキ

第一節　共在する「われわれ」

『萬葉集』は、当時の人々が漢字を利用してみずからの言葉を記した現存する最古の歌集である。もともと文字のない「語り聞く」言語生活を送っていた者が、漢字を覚え、文字の読み書きの技術を習得したことによって「書き記す」ことをはじめた時代に編まれた文献である。そのような言語状況にある『萬葉集』に、やまとことば「わ」「われ」を、「吾等」という漢語を用いて表記した次のような歌が見られる。

朝日照る佐田の岡辺に群れ居つつ吾等《わ》が泣く涙やむ時もなし
（巻二、一七七）

いにしへにありけむ人も吾等《わ》がごとか三輪の檜原にかざし折りけむ
（巻七、一一一八、人麻呂歌集）

この「吾等」の用字について、村田正博『万葉の歌人と表現』(1)は、「ともにある人々と自己とを一体として共感をうたいあげようとする、言わば、《共感の世界》を創出しようとする意図」（一四三頁）に基づき表記されたものであることを指摘する。すなわち、歌をうたった際、「わ・われ」と発声したであろう言葉は、発声をした者自身を指すと同時に、その歌の場を構成していた者たちを含む一体的な「われわれ」を意味しており、そのことを表記するために「吾等」という語が用いられたということである。さらに、「吾等」の用字例が、「いわゆる人麻呂作歌の、宮廷歌人としての本領を発揮する作品の数々に比べて、小ぶりでやや気楽な宮廷関係歌が多く含まれている」（一四五頁）人麻呂歌集の非略体歌に集中していることを踏まえ、そのような性質の歌であったからこそ、「創作にあたって《共感の世界》を創出しようとする、厨房における工夫の痕跡が率直にとどめられたのではないか」（一四五頁）と続く。よって、『吾等』は、詠歌の場において、さらには、文芸の展開において、人麻呂の立つ位置を人麻呂自身が確かな意識をもって自覚するところがあったことを示す、貴重な痕跡であった」（一四五頁）と述べる。

すると、歌の場において、歌をうたう者と聞く者とが一体となった「共感の世界」がそこにあったことを文字として記述する方途として、自覚的に「吾等」という文字が選択されたということになる。では、「吾等」という表記によって示された「共感の世界」とは何であろうか。

先に示した一七七の題詞には「皇子の尊の宮の舎人《とねり》等、慟傷《かな》しびて作る歌二十三首」とある。

草壁皇子が逝去した際、皇子のそばに仕える舎人たちの二十三首の歌の中の一首である。「朝日の照る佐田の岡辺に共に一群となって侍宿しながら、『吾等』の涙はやむ時もない」との意である。「群れ居つつ」とあるように、舎人たちは集団で佐田の岡辺に居る。その「吾等《われ》」の涙がやむときはない。舎人たちは皇子の死に対して共に悲嘆している。この思いは、うたう者の悲しみであり、同時に、歌を聞き、「群」をなして共に「居」る者たちの悲しみでもある。よって、「吾等《われ》」とは、「われわれ」舎人すべてのことである。

一一一八は、「三輪の檜原」での宴席歌であると考えられる。遥か遠い過去から悠久のときを刻みつつ、今も荘厳にそびえ立つ、檜の生命力をみずからのものとすることを願い、その枝を手で折って頭の飾りにするという習慣があった。それに基づく一首である。過ぎ去った時代を生きた者も、今を生きる者と同様に檜の枝を折り取って頭の飾りにする。誰もがみな三輪の檜の前に立つと、その枝を手で折り頭の飾りにするとうたわれる。それは以前からずっと続いている。過去を生きた者たちも、今を生きる者たちである「われわれ」も、三輪の檜の前で枝を手で折り頭の飾りにする。すなわち、この「吾等《われ》」は、今、三輪の檜を目の前にしている「われわれ」を意味する。このように、「吾等」は、歌をうたう「われ」を意味すると同時に、その歌の場を構成する複数の者たち、「われわれ」を意味する。

「吾等」と表記された「わ」「われ」という言葉は、ただ歌をうたう者のみを指すにとどまらず、同時に、その場にいるすべての人々にとっての「われ」でもあることを念頭に置いてうたわれたのである。すなわち、「われわれ」の思いは一つであり、「われ」の思いは「われわれ」の思いにほかならないということが前提となっているのである。このような「語り聞く」世界にあった前提となっていた思念が、「われ」という言葉に対し「吾等」と表記することによって、「書き残された」のである。(2)

現代を生きる私たちは、まず個人が個として独立して在り、その個人がそれぞれ思いを抱き、個々人が集合して共同体は形成すると考えることがある。つまり、「われ」が思いを抱き、それを一つにすることで、「われわれ」の思いが形成されるという発想である。「吾等」という表記から考えられる萬葉人の思念はこのような発想とは異なる。まず一体的な情感を共有する一群「われわれ」があり、その「われわれ」の思いを代表する形で「われ」の思いがあるということになる。まず在るのは思いを一つにした「われわれ」にほかならない。すなわち、原点は「われ」という個ではなく、「われわれ」が共に在ることなのである。

第二節「われわれ」の根拠 ―― 過去・現在・未来 ――

『萬葉集』を評して「ますらを」の文学であると言われることがある。これは賀茂真淵[3]ら江戸期の国学者が「萬葉集」は「ますらをぶり」が歌風であり、『古今集』以降の歌には「たをやめぶり」が見られると主張したことによるところが大きい。『萬葉集』中、「ますらを」は、「麻須良男」「益荒夫」「大夫」「武士」などの語が見られ、「ますらたけを」「ますらをのこ」を含めると、六十例ほど見られる。その初出は、

讃岐の国の安益《あや》の郡に幸す時に、軍王が山を見て作る歌

霞たつ　長き春日の　暮れにける　わづきも知らず　むらきもの　心を痛み　ぬえこ鳥　う
ら泣き居れば　玉たすき　懸けのよろしく　遠つ神　吾が大君の　行幸《いでまし》の　山越す風の　獨《ひとり》
居る　吾が衣手に　朝夕《あさよひ》に　かへらひぬれば　大夫《ますらを》と　思へる我れも　草枕　旅にしあれば
思ひ遣る　たづきを知らに　網の浦の　海人娘子《あまをとめ》らが　焼く塩の　思ひぞ焼くる　吾が下心
（巻一、五）（左注・反歌略）

である。この軍王の歌に「大夫と思へる我れ」とある。「ますらを」について『時代別国語大辞典　上代編』[4]は、「尊敬に値する立派な男子。勇敢で堂々たる男子」とその語義を解く。すると、「尊敬に値する勇敢で立派な男子だと思っている我」ということになろう。しかし、これは語義解釈であり、「ますらを」とは何か、当人が「ますらを」とはどのようなものであると思索していたかといった問いに対する回答ではない。このような「ますらを」の意義を問い、みずからの現実の中からこれを具体的に思念した人物が『萬葉集』にその軌跡を残している。大伴家持である。

家持は、天平十八年（七四六年）六月二十一日、二十九歳にして越中守となり、天平勝宝三年（七五一年）七月十七日、少納言に遷任され、京に向かうまでの五年間を越中で過ごした。天平二十一年（七四九年）四月一日、聖武天皇は東大寺に行幸し、造立中の盧舎那仏に対面し、左大臣橘諸兄を通して宣命を発する。同時に、このとき越中に国守として赴任していた家持は従五位下に昇叙する。石上乙麻呂を通じて民衆に対し喜びをわかち合おうと告げた宣命、第十三詔の一節に、

……また大伴・佐伯宿禰は、常も云はく、天皇《すめら》が朝《みかど》守り仕へ奉る、事顧みなき人等《ひとども》にあれば、汝《いまし》たちの祖どもの云ひ来らく、「海行かば水漬く屍、山行かば草生す屍、王《おほきみ》の辺にこそ

死なめ、のどには死なじ」と、云ひ来る人等となも聞こし召す。是を以て遠天皇《とほすめろき》の御世を始めて今朕《わ》が御世に当りても、内兵《うちのいくさ》と心の中のことはなも遣《つかは》す。故《かれ》、是を以て子は祖の心成すいし子にはあるべし。此の心失はずして、明き浄き心を以て仕へ奉れとしてなも、男女《をのこめのこ》並せて一二《ひとりふたり》治め賜ふ。……

（『続日本紀』巻十七、聖武天皇、天平勝宝元年四月）[5]

とある。ここには次の三つの事柄が述べられている。

一、大伴と佐伯両氏は先祖から天皇・朝廷を守るという奉仕に尽力している。二、古の天皇の時代から今の我が世（聖武朝）まで両氏は「内兵」である。三、子孫は祖先の志を成し遂げるものであるから、これを心に留め、「明浄心」をもって奉仕するように。

以上のように、祖先の功績を讃えられ、大伴・佐伯両氏はいつまでも天皇に奉仕するよう激励された家持は、これに歓喜し触発され、天平感宝元年（七四九年）五月十二日に、「陸奥国に金を出だす詔書を賀く歌」（以下、「詔書を賀く歌」と略記）四首をうたう。[6]

陸奥の国に金《くがね》を出だす　詔書を賀《ほ》く歌一首并せて短歌

葦原《あしはら》の　瑞穂《みずほ》の国を　天下《あまくだ》り　知らしめしける　すめろきの　かみの命《みこと》の　御代重ね　天《あま》の

日継と　知らし来る　君の御代御代　敷きませる　四方の国には　山川を　広み厚みと　奉る　御調宝《みつきたから》は　数へえず　尽しもかねつ　しかれども　吾が大君の　諸人《もろひと》を　誘《いざな》ひたまひ　よきことを　始めたまひて　金《くがね》かも　確《たし》けくあらむと　思ほして　下悩《したなや》ますに　鶏が鳴く　東の国の　陸奥の　小田にある山に　金ありと　申したまへれ　御心を　明《あき》らめたまひ　天地《あめつち》の　かみ相うづなひ　すめろきの　御霊《みたま》助けて　遠き代に　かかりしことを　吾が御代に　顕《あら》はしてあれば　食《を》す国は　栄えむものと　かむながら　思ほしめして　もののふの　八十伴の男を　奉《まつ》ろへの　向けのまにまに　老人《おいひと》も　女童《をみなわらは》も　しが願ふ　心足《こころだ》らひに　撫《な》でたまひ　治めたまへば　ここをしも　あやに貴み　嬉しけく　いよよ思ひて　大伴の　遠《とほ》つ神祖《かむおや》の　その名をば　大久米主《おほくめぬし》と　負ひ持ちて　仕へし官《つかさ》　海行かば　水漬く屍《かばね》　山行かば　草生《む》す屍　大君の　辺《へ》にこそ死なめ　かへり見は　せじと言立《ことだ》て　ますらをの　清きその名を　いにしへよ　今のをつつに　流さへる　祖《おや》の子どもぞ　大伴と　佐伯の氏は　人の祖の　立つる言立て　人の子は　祖の名絶たず　大君に　まつろふものと　言ひ継げる　言《こと》の官《つかさ》ぞ　梓弓《あづさゆみ》　手に取り持ちて　剣大刀《つるぎたち》　腰に取り佩《は》き　朝守《あさまも》り　夕《ゆふ》の守りに　大君の　御門《みかど》の守り　われをおきて　また人はあらじ　といや立て　思ひしまさる　大君の　御言《みこと》の幸《さき》の　一には「を」といふ　聞けば貴《たふと》み　一には「貴《たふと》くしあれば」といふ

（巻十八、四〇九四）

反歌三首

ますらをの心思ほゆ大君の御言の幸を　一には「の」といふ　聞けば貴み　一には「貴くしあればいふ」と
（巻十八、四〇九五）

大伴の遠つ神祖の奥《おく》つ城《き》はしるく標《しめ》立《た》て人の知るべく
（巻十八、四〇九六）

すめろきの御代栄えむと東《あづま》なる陸奥山《みちのくやま》に金花《くがねはな》咲く
（巻十八、四〇九七）

天平感宝元年の五月の十二日に、越中の国の守が館にして大伴宿禰家持作る。

「詔書を賀く歌」では、「すめろき」の治世を讃美し、それを支えている大伴氏の伝統が強調されている。その際、大伴氏と「すめろき」との関係に焦点が当てられる。「海行かば〜かへり見はせじ」の句をはじめ、先に挙げた第十三詔に共通する語が多く用いられている。長歌四〇九四で家持は、「すめろき」が「葦原の瑞穂の国」に「天下」ったことからうたい起こす。続けて、天下ってきた「すめろき」は「御代重ね」、代々重複して統治をしたという。このように、「しかれども」の前まで、「すめろき」の天《あめ》からの降臨と、「すめろき」による統治についてうたう。

次に、今「すめろき」（聖武）が大仏建立に当たり、金が充分にあればよいが不足していると思っていたところ、陸奥の小田というところの山で黄金が出土したと続く。このように折良く黄金が出土する理由は、天地の神々や「すめろきの御霊《みたま》」の力によるものであり、さらには現在の「すめろき」が人心を掌握しているからであるという。「遠き代に　かかりしことを　吾が御代に顕《あら》はしてあれば」とあるように、そのような何もかもうまくいくような状況は、過去にそうであった状況であり、それが現在、再現されているのだとする。

さらに、大伴氏についてうたう。大伴氏の祖先は大久米部の主《あるじ》として代々「すめろき」に仕えており、子々孫々そのような立場にあった。そのような立場の大伴氏は、立派な男子としての「ますらを」としての名を、遥かいにしえより今現在まで背負っていると続ける。以上を示した後、だからこそ、現在の大伴の一族もその名を絶やさないように尽力して奉仕しようと、思いを募らせているとうたう。

ここでわかることは、次の三つのことについての家持の考え方である。第一に、「すめろき」と「われわれ」大伴氏とは、それぞれどういったものなのか。第二に、「すめろき」と、「われわれ」大伴氏との関係がどのようであるのか。第三に、「われわれ」大伴氏はどうあるべきなのか。この三点から、家持の考える〈在るべき姿〉が浮き彫りになる。

まず、一点目についてである。「すめろき」も「われわれ」大伴氏も、古来より連綿と継続しているからこそ、今それらは存立しているという。家持は、過去からの継続性を、現在、「すめろき」や「われわれ」大伴氏が「在ること」の根拠としている。

次に、二点目である。「われわれ」大伴氏は、「すめろき」の「天下」り以来、ずっと「すめろき」に仕え続けているという。これは、「われわれ」大伴氏の過去の所業と現在「在ること」に対する正統性の根拠として示される。

三点目は次の通りである。現在も、過去同様にあるべきである。「われわれ」大伴氏は、いにしえより連綿と続く大伴氏の「ますらを」のその名を絶やさぬように、過去そうであったように、しっかりと「すめろき」を支えるべきである、と家持はうたう。つまり、過去の在り方が、現在の在り方の規範として示され、それが未来に向けて「われわれ」大伴氏の〈在るべき姿〉なのだというのである。

以上のように、まず、現在、「われわれ」が共に在ることの根拠として、過去の事跡が挙げられている。その過去とは、現在に継続している過去である。すなわち、歴史的継続性が現在の「在ること」を保証するという考え方が見られる。次に、そのような歴史的継続性に支えられていることが、「われわれ」の正統性の根拠として考えられていることがわかる。「在ること」自体の根拠と、その正統性の根拠は、歴史的継続性にある。だからこそ、過去の在り方を、現在、そして未来へ向けて〈在るべき姿〉として示すことが可能となるのである。

家持は「詔書を賀く歌」の二日後に、

吉野の離宮《とつみや》に幸行《いでま》す時のために、儲《ま》けて作る歌一首　并せて短歌

高御座《たかみくら》　天《あま》の日継と　天の下　知らしめしける　すめろきの　かみの命の　畏《かしこ》くも　始めたまひて　貴くも　定めたまへる　み吉野の　この大宮に　あり通ひ　見《め》したまふらし　もののふの　八十伴の男も　おのが負へる　おのが名負ふ負ふ　大君の　任《ま》けのまにまに　この川の　絶ゆることなく　この山の　いや継ぎ継ぎに　かくしこそ　仕へまつらめ　いや遠長《とほなが》に

（巻十八、四〇九八、反歌略）

を作る。ここで家持は、「詔書を賀く歌」と同じく、「天下り」し不断に継続する「すめろき」と、その「すめろき」を支えてきた諸氏族「八十伴の男」、その「八十伴の男」としての大伴氏についてうたう。過去から連綿と続く在るべき様態と同様に、いま・ここにおいて「われわれ」も在るべきであるという家持の思念は、ここにも示されている。

小野寛『大伴家持研究』(7)は、四〇九八にある「大君の任のまにまに」という用例が、類似のものを加えて家持に八例あることを指摘し、「先に二例あるけれど、ほとんど家持の独自句と言っ

てもいいだろう」（二一九頁）と指摘した上で、家持は「大君の命かしこみ」と「大君のまけのまにまに」を使い分けており、「大君の命かしこみ」が天皇の命令を恐れ慎んでという「受動的《パッシヴ》な感覚」であるのに対し、「大君のまけのまにまに」は天皇のお指図のままにという「アクティヴな精神」であることを主張している。小野説はさらに「指図されるままにというのは受身の姿勢だけれども、天皇の命令に応じる応じ方において、家持は積極的に天皇側についている」（二二〇頁）とし、「天皇にただひたすら服従するというような立場ではなく、みずから天皇の代言者であると意識し、天皇に代わって天皇の意志を行なってゆくのだという誇り」（二二五頁）があったからこそ、家持は、「大君のまけのまにまに」という句を採用したのだとする。過去を生きた祖先と同様の在り方を継続することが、〈いま・ここ〉における「われわれ」の共在の根拠であり、同時に正統性の根拠でもある。だからこそ、このことを〈在るべき姿〉として提示した家持の思念をとらえ、「アクティヴな精神」と指摘するのであろう。

さて、四〇九八において着目すべきは、「八十伴の男」は「絶ゆることなく」「いや継ぎ継ぎに」連続して永続すべきものであることがうたわれている点である。ここでは、継続していることが、過去から続いているということのみならず、未来へ続く永続性につながると明確に表現されているのである。

以上をまとめると、ここまで検討した家持の思念は次のようであると言える。過去の祖先が行ったように現在の者も行い、現在の者が行ったように未来の子孫も行うことが可能であれば、それは同一の行為をする「われわれ」である。個別の人物の、生物学的な生死にかかわらず、「伴の男」として武功を挙げる大伴氏という一群である「われわれ」、一体的な「われわれ」が、同一の行為を行い続ける限り、「われわれ」として生き続けるのである。

「われわれ」大伴氏は、遥かいにしえより軍事を担当する「内兵《うちのいくさ》」として「御門の守り」の任に当たる官人、「伴の男」として活躍し続けており、もし現在もそのようであり、未来もそうであるならば、過去を生きた者も現在・未来を生きる者も、それは同一の行為を行う一体的なるものにほかならないであろう。つまり、一体的な大伴氏が今までもこれからも同一であれば、大伴氏は今までもこれからも一体的なる「われわれ」として、共に在り続けることができるのである。

前節で、一体的な情感を共有する一群「われわれ」があり、その「われわれ」の思いを代表する形で「われ」の思いがあるという考え方に触れた。そこで、原点は「われ」という個ではなく、「われわれ」が共に在ることなのであると論じた。なぜそのような「われわれ」が成立するのか、その根拠はどこにあるのか、このような疑問に対し、家持の視座から次のように回答することができる。

現時点に限定して「在ること」をとらえるならば、「相見る」こと、すなわち、「われわれ」がお互いを「見る」ことによって「共に在る」と認めることができる。しかしながら、なぜ共に在るのか、その意義はどこにあるのかを問うたとき、その根拠として、過去からの連続性と、未来への永続性、すなわち、歴史的継続性を共有することが必要となる。よって、家持はこのことをうたい上げたのである。共在の意義と根拠は、過去・現在・未来の歴史的継続性にある。

(1) 村田正博「人麻呂の作歌精神―『吾等』の用字をめぐって―」(『萬葉の歌人と表現』清文堂、二〇〇三年、所収。初出は『萬葉』第九〇号、一九七五年)。

(2) 稲岡耕二「『吾』と『吾等』―共感の世界―」(『國語と國文学』平成二年九月号、一九九〇年)は、村田説を再検討し、「共感の世界」の意識化が「吾等」の用字を生んだと、表記の変遷を踏まえつつ指摘している。

(3) 賀茂真淵は「古今哥集、或は物がたりぶみらをときしるさん事をわざとせしに、今しもかへりみれば、其哥もふみも世くだちて、たをやめのをとめさびたることこそあれ、ますらをのをとこさびせるしゑくして、みさかりなりしいにしへのいがし御代にかなはずなんある」(「萬葉集大考」『賀茂真淵全集　第一巻』続群書類従完成会、一九七七年、四頁)と述べている。このような主張から『萬葉集』は「ますらをぶり」が歌風であるという考えが流布されたと思われる。「ますらを」という語は、「麻須良男」「益荒夫」「大夫」「武士」と表記される。「ますらを」と、「ますらたけを」あるいは「ますらをのこ」を含めても、これらが見られるのは、『萬葉集』に収録されたおよそ四千五百首中、六十首ほどであることを指摘しておく。『萬葉集』の歌風についての議論は、本書の主題と直接的な関係がないため、ここでは控えたい。

(4) 『時代別国語大辞典　上代編』(小学館、一九六七年)。

(5) 『続日本紀』の訓みは、新日本古典文学大系『続日本紀』(岩波書店、一九九二年)に拠った。なお、西暦七四九年は、二度改元が行われている。天平二十一年四月十四日に金産出により天平感宝と改元され、天平感宝元年七月二日に孝謙即位に伴い天平勝宝と改元される。
（6）家持はこのとき従五位下に、同時に、大伴宿禰牛養は正三位に、大伴宿禰稲君は正五位下に昇叙する。
（7）小野寛『大伴家持研究』（笠間書院、一九八〇年）。

第五章　かみ・ひと・うた

【写真】（著者撮影）
左：柿本人麻呂近江荒都歌歌碑
右上・右下：近江神宮

第一節　問題の所在

近江の荒れたる都を過ぐる時に、柿本朝臣人麻呂が作る歌

玉たすき　畝傍《うねび》の山の　橿原《かしはら》の　ひじりの御代《みよ》ゆ　或いは「宮ゆ」といふ　生《あ》れましし　かみのことごと　栂《つが》の木の　いや継ぎ継ぎに　天《あめ》の下　知らしめししを　或いは「めしける」といふ　そらにみつ　大和を置きて　あをによし　奈良山を越え　或いは「そらみつ　大和を置き　あをによし　奈良山越えて」といふ　いかさまに　思ほしめせか　或いは「思ほしけめか」といふ　天離《あまざか》る　鄙にはあれど　石走《いはばし》る　近江の国の　楽浪《ささなみ》の　大津の宮に　天の下　知らしめしけむ　すめろきのかみの命の　大宮は　ここと聞けども　大殿《おほとの》は　ここと言へども　春草の　茂く生《お》ひたる　霞立つ　春日の霧《き》れる　或いは「霞立つ　春日か霧れる　夏草か　茂くなりぬる」といふ　ももしきの　大宮ところ　見れば悲しも　或いは「見ればさぶしも」といふ

（巻一、二九）

反歌

楽浪《ささなみ》の志賀《しが》の唐崎《からさき》幸《さき》くあれど大宮人《おほみやひと》の舟待ちかねつ　（巻一、三〇）

楽浪の志賀の　一には「比良の」といふ　大わだ淀むとも昔の人にまたも逢はめやも　一には「逢はむと思へや」といふ　（巻一、三一）

右は柿本人麻呂によるいわゆる近江荒都歌である。『萬葉集』における歌の配列の様相から、持統天皇二年（六八八年）頃の歌であろうと考えられている。近江（現在の滋賀県）にあった天智朝の大津の宮は、天智天皇の太子であった大友皇子と、天皇の弟であった大海人皇子による壬申の乱（六七二年）の後に焼失し、都が明日香に移り荒廃した。その旧都近江にてうたわれた歌がこの三首である。

伊藤博『萬葉集の歌人と作品　上』[1]は、この近江荒都歌の構造を検証し、そこには「自己の悲嘆は時代の悲しみであり、時代の悲しみは自己の悲嘆であるとする感動の綜合がある」（二一八頁）と指摘する。長歌二九の前半に叙事的な箇所があり、それにより「公的な語り歌・偲び歌としての資格を獲得」しており、長歌の後半部で一旦止められ、反歌へと流れる「個人的詠嘆は」

長歌前半部との関連において「公的な悲しみに止揚されている」と言うのである。続けて、その証左として、題詞「過」の検討から、近江荒都歌が羈旅の伝統に則してうたわれており、旅先における集団の座でうたわれたことを挙げる。また、[2]［釋注］では、人麻呂作歌の題詞を「作歌事情＋作者名＋作歌」（A型）と「作者名＋作歌事情＋作歌」（B型）の二つの型に分け、「作歌事情が作者だけに限らぬ第三者に関する場合にはA型となり、作者事情が作者だけに関する場合にはB型となる」とし、このことから近江荒都歌の内容は人麻呂のみに関わるものではなく、荒都を目にした一行に関わるものであることを指摘する。これにしたがえば、近江荒都歌は、人麻呂たち一行の「われわれ」の歌である。

この近江荒都歌をめぐって、長歌二九に天孫降臨の記述がないことに着目することにより提起されている問題がある。この問題については、大きく分けて二つの立場がある。一つは次のような立場である。

近江荒都の歌においては、『玉襷　畝火の山の　橿原の　日知の御代ゆ　生ましし　神のことごと』と歌い出されているが、それはその前にあるべき高天原からの降臨が省略されているにすぎないのであって、神武天皇以来の王権の連続性の背後には高天原神話がひそんでおり、天皇を高天原から降臨した神とする考え方を前提として歌われているのであった。

（平野仁啓『続　古代日本人の精神構造』未来社、一九七六年、三二四頁以下。初出は一九七二年）

日並皇子挽歌のように高天原神話から歌いおこさないのは、皇都を主材とするためであり、『畝傍の山の橿原』に即位した初代神武天皇以来の皇統譜が、大和の地と密着しながら無限の連続、繁栄として歌おうとされているのである。

（青木生子『萬葉挽歌論』塙書房、一九八四年、九六頁。初出は一九七九年）

これらの論は、歌の中に天孫降臨の記述は見られないが、高天原から降臨したものの子孫として天智天皇は位置づけられていると考える立場である。この立場からは、近江荒都歌の中で天智天皇は、高天原から降臨した神武天皇以来の皇統の連続性の内に位置づけられていると見なされる。すなわち、近江荒都歌の長歌二九の前半部にある皇統譜に連なる天皇に関わる事物（「大和」）についてうたわれている箇所は、天から降臨した「かみ」としての天皇《すめろき》についての表明であると考える立場である。これらに対し次のような論が提起された。

神武はあくまでも初代天皇ハツクニシラススメラミコトだったので、その神武からかたりおこすこの「近江荒都歌」長歌は、厳密には、神統譜と接続しない皇統譜を、すなわち地上王権の歴史を志向するものだったとみなければならないのではないか。集中でみても、起源をかたる言説において、天《あめ》（＝高天原）、あるいは天《あま》つ神を基点とするものはすくなくないが、初代天皇神武＝カムヤマトイワレヒコを基点にすえた叙述は、意外なことに人麻呂はもとより、他の歌人についても例がない。（中略）起源・基点として神武をすえる当該歌の手法は、やはり独自なものといえるだろう。そこにはしたがって、独自な意図がこめられているのではないか。あえていうなら、それは神武天皇にはじまり、天智天皇におわるひとつの皇統譜を提示するというものだったのではないだろうか。

（身﨑壽『人麻呂の方法―時間・空間・「語り手」』北海道大学図書刊行会、二〇〇五年、一九二頁。初出は一九九六年。傍線は身﨑説による）

これは、近江荒都歌において、高天原から降臨した神武天皇から天智天皇までの皇統と、それ以降の皇統との断絶が認められるという立場である。高天原より降臨した描写がないのであるから、この近江荒都歌によって、人麻呂が、降臨以降の神武天皇に連なる皇統譜が天智天皇で終わったものとして位置づけたという主張がこれである。近江荒都歌の長歌二九の前半部にある皇統譜に連なる天皇に関わる事物（「大和」）について示される箇所には、天孫降臨の記述がないことを根拠とし、「かみ」とは関わらない天皇《すめろき》についてはうたわれていないと見なす立場である。二つの立場の争点は、天孫降臨の記述がないことをいかにとらえるか、長歌二九において「神統譜」と「皇統譜」とが分けて把握されているか否かである。

問題となっている天孫降臨の記述とは、例えば、前章で検証した大伴家持の詔書を賀く歌の長歌四〇九四の冒頭に、「葦原の瑞穂の国を天下り《あまくだ》知らしめしけるすめろきのかみの命の」とあるように、高天原からの「天下り」の描写のことである。近江荒都歌の長歌二九では、「玉たすき畝傍の山の橿原《かしはら》のひじりの御代ゆ生《あ》れましししかみのことごと」とうたい起こされており、高天原からの天下りの描写が見られない。

では、天孫降臨とは、荒れた旧都近江を目にしている人麻呂たち一行にとって、いかなる意味を持つものであったのだろうか。今挙げた議論の中では、皇統と「かみ」との連関性の有無や、歌の中での皇統の連続・非連続が問題とされていた。そもそも皇統の連続性とは、彼らにとってどのような意味があるのだろうか。「かみ」あるいは皇統が、人麻呂たち「われわれ」にとってどのような意味があると考えられていたのだろうか。以上の疑問をまず明らかにしなくてはならない。

先掲の議論では「神統譜」「皇統譜」「神」といった語を用いて歌の内容分析および位置づけについて検討されている。「橿原《かしはら》の　ひじりの御代ゆ　生《あ》れましし　かみのことごと」という表現をめぐる「歌中において天皇《てんのう》は神か否か」「歌中において皇統は断絶しているか否か」という内容の議論がそれである。ここでは、そもそも、萬葉人にとって、「かみ」とは何か、「すめろき」とは何かということに着目したい。「かみ」＝「神」、「すめろき」＝「天皇《てんのう》」であると見なし、その位置づけの議論は盛んであるが、現代において通用している「神」「天皇《てんのう》」の語と、萬葉人の用いる「かみ」「すめろき」とは、それらの言葉を用いる者にとっての意味が異なるはずである。歌の構造と事実関係を現代の視点から位置づけるばかりではなく、萬葉人が「かみ」「すめろき」をいかなるものであると思念しているかという問題が問われなければならない。

現在、「神《かみ》」という語は、キリスト教の唯一絶対的なる創造主を指すこともあれば、神社に奉られている神体を指すこともあれば、道祖神や山川海などの自然物に対しても用いられることがある。また、一芸に秀で優れた功績を残した人間に対しても「神」の語は用いられる。「歌中において天皇《てんのう》は神であるとされているか否か」という議論で用いられる「神」というのは一体どのような意味として用いているのか明確ではない。すなわち、「かみ」とは何か、みずからが用いている「神」という語はいかなる意味で用いているかということに対し、顧慮されることなく議論が進められることが少なくない。

さらに、近江荒都歌に「橿原《かしはら》のひじりの御代」（二九）とあるのでこれは神武天皇の代、「近江の国の楽浪《ささなみ》の大津の宮」（二九）とあるのでこれは天智天皇の宮、と見なし、「天智天皇は神として云々」という議論が生ずる。しかし、そもそも、「神武天皇」「天智天皇」というのは、諡号であり、後世の者による呼称である。歌には「橿原のひじりの御代」「近江の国の楽浪の大津の宮」としか示されていない。現代の私たちの視点から歌を分類・分析するのではなく、近江の荒都を目にした人麻呂たちの視点から、彼らにとって、「天皇《すめろき》」とは何であるのか、それが継続していることはどのような意味があるのか、それは「われわれ」とどのような関わりを有するものとして思念されているのかを検討する必要がある。

第二節　共在の動揺 ―― 近江荒都歌をめぐって ――

第一節で示したように、近江荒都歌における天智天皇の位置づけについては、天孫降臨の記述が見られないことから論争が生じる。では、天孫降臨はそもそも何のためにうたわれるのか、歌を共有する人麻呂たちにとってどのような意味があるのだろうか。まず、この問題から考えたい。問題となる天孫降臨の記述とは、大伴家持の詔書を賀く歌の長歌四〇九四の冒頭に、「葦原の　瑞穂の国を　天下り　知らしめしける　すめろきの　かみの命の」とあるように、高天原からの天下りの描写のことである。近江荒都歌の長歌二九では、「玉たすき　畝傍の山の　橿原《かしはら》のひじりの御代ゆ　生《あ》れましし　かみのことごと」と冒頭でうたわれ、高天原からの天下りの描写が見られないのである。

　前章で検討した大伴家持の四〇九四では、「天下」った「すめろきのかみの命」が代々継続したことを述べ、現在の「吾が大君」が「よきこと」をはじめたことが示され、過去から歴史的に継続しているものとして現在の事柄がうたわれている。過去において「天下」った「すめろき」の子孫が「吾が大君」であると歌中で示される。ここまでが「すめろき」に関連する事項である。

　続けて、「吾が大君」は「八十伴の男」、すなわち宮廷に仕える文武百官を率い、その中の一つに大伴氏が位置づけられる。その大伴氏は、「すめろきのかみの命」が「天下」った過去の祖先である「大久米主」以来、現在に至るまで歴史的に継続して「御門の守り」の任に当たっているとある。さらに、過去から歴史的に継続しているからこそ、現在の「われわれ」もそれと同様、奉仕しようではないかと続く。前章で検討したように、過去からの歴史的継続を現在の「われわれ」が共に在ることの根拠となっている。この歌の論理を図式化すると次のようになる。

大伴家持により四〇九四に示される構図

ア、天下り（降臨）　…「葦原の　瑞穂の国を　天下り　知らしめしける」

イ、すめろきの過去からの歴史的継続

…「すめろきの　かみの命の　御代重ね　天《あま》の日継と　知らし来る　君の御代御代」

ウ、現在のすめろき　…「吾が大君の　諸人を　誘ひたまひ　よきことを　始めたまひて」

エ、八十伴の男のすめろきへの随伴

…「八十伴の男を　奉《まつ》ろへの　向けのまにまに」

オ、大伴氏の歴史的継続（すめろきとの随伴）

…「大伴の　遠つ神祖の　その名をば　大久米主と　負ひ持ちて　仕へし官《つかさ》」

カ、現在の大伴氏　…「ますらをの　清きその名を　いにしへよ　今のをつつに　流さへる　祖の子どもぞ」

次に問題となっている人麻呂の近江荒都歌の長歌二九もこれと同様に整理する。近江荒都歌の長歌二九は、天孫降臨の記述、神武天皇からの皇統の継続について示し、現天皇ではない天智天皇の遷都に対しては「いかさまに思ほしめせか」とし、荒れ果てた旧都を「見れば悲しも」という悲嘆で結ばれる。「見る」ことにより旧都の荒廃した様子を把握し、「知る」に至ったのである（「見る」ことと「知る」ことについては、第一章第二節参照）。これは次のように図式化できる。

柿本人麻呂により二九に示される構図

ア、天下り（降臨）　……記述なし

イ、すめろきの過去からの歴史的継続　……「玉たすき　畝傍の山の　橿原《かしはら》の　ひじり　の御代ゆ　生《あ》れまししかみのことごと　栂の木の　いや継ぎ継ぎに　天《あめ》の下　知らしめししを」

ウ、現在のすめろき　……記述なし

エ、オ、カ　……柿本氏についてではなく「天皇《すめろき》の　かみの命《みこと》の　大宮は　ここと聞けども　大殿は　ここと言へども　春草の茂く生ひたる　霞立つ春日の霧れる」とあり、現在の旧都近江の荒廃した様子についての描写先学の指摘の通り、近江荒都歌の長歌二九には「天下り」の記述が見られない。なぜ「天下り」の記述が見られないのだろうか。さらに、そもそも「天下り」の記述がないことは問題なのだろうか。この疑問を解き明かすには、旧都近江の荒廃を目にしている人麻呂たちにとって「天下り」はいかなる意味を持っているのかを検討しなければならない。近江荒都歌の長歌二九には「天下り」の記述は見られないが、同じく人麻呂の手によるいわゆる日並皇子挽歌には「天下り」の記述が見られる。

日並皇子尊《ひなみしみこのみこと》の殯宮の時に、柿本朝臣人麻呂が作る歌一首并せて短歌

天地《あめつち》の　初めの時　ひさかたの　天《あま》の河原に　八百万　千万《ちよろづ》神《かみ》の　かむ集ひ　集ひいまし
てかむ分ち　分ちし時に　天照らす　日女《ひるめ》の命《みこと》　一には「さしのぼる日女の命」といふ　天《あめ》をば
知らしめすと　葦原の　瑞穂の国を　天地の　寄り合ひの極み　知らしめす　かみの命と
天雲《あまくも》の　八重かき別けて　一には「天雲の　八重雲別けて」といふ　かむ下し　いませまつりし　高
照らす　日の御子は　明日香の　清御《きよみ》の宮に　かむながら　太敷《ふとし》きまして　すめろきの
敷《し》きます国と　天の原　岩戸を開き　かむ上り　上りいましぬ　一には「神登り　いましにしかば」
といふ　吾が大君　皇子の命の　天《あめ》の下　知らしめす世は　春花《はるはな》の　貴《たふと》くあらむと　望月の
満《たたは》しけむと　天の下　一には「食す国」といふ　四方《よも》の人の　大船《おほぶね》の　思ひ頼みて　天《あま》つ水　仰

ぎて待つに　いかさまに　思ほしめせか　つれもなき　真弓の岡に　宮柱　太敷きいまし
みあらかを　高知《たかし》りまして　朝言《あさこと》に　御言《みこと》問はさず　日月《ひつき》の　数多《まね》くなりぬる　そこゆゑに
皇子の宮人《みやひと》　ゆくへ知らずも　一には「さす竹の　皇子の宮人　ゆくへ知らにす」といふ
（巻二、一六七、反歌略）

一六七においては、まず「天地の初めの時」という過去からうたい起こされる。「八百万千万神」が集い天地を分割したことが挙げられ、「日女《ひるめ》の命《みこと》」（アマテラス）が「天《あめ》」を治めることになったとある。次に、「かむ下し　いませまつりし　高照らす　日の御子」が「明日香の　清御の宮に　かむながら　太敷《ふとし》きまして」と続く。すなわち、「かみ」が「天下り」、「かみ」であるがままに「明日香の清御の宮」において統治するという。その「かみ」である「すめろき」が、この「瑞穂の国」は「すめろきの敷きます国」であると言い、「かむ上《あが》り」してしまったとある。「すめろきの敷きます国」というのは、「すめろき」が治める国であるということである。ここで、「すめろき」は「瑞穂の国」を治める者であると示される。すなわち、国を治める者は、「かみ」のまま降臨し、「かみ」のまま天《あめ》に帰ったとうたわれている。歌の中で「すめろき」とは、国を治める者であり「かみ」であり、「天《あめ》」から下ってきて「天《あめ》」に帰るものである。「八百万千万神」とあるが、これらは「天《あめ》」から下ってきたとは述べられていない。当該歌中、「八百万千万神」は「天《あめ》」にあり「われわれ」とは直接関わらない。一方、「すめろき」は「天《あめ》」から下り「われわれ」と直接関わっている唯一の「かみ」であるとされている。よって、「すめろき」とは、「天下り」「瑞穂の国」を「かみ」のまま治め、「天《あめ》」に帰る「かみ」のことであるという考えをここに見ることができる。

歌は続けて「吾が大君皇子の命」の「天の下知らしめす世」について言及する。「吾が大君皇子の命」すなわち、草壁皇子が「すめろき」となり国を治めるとき、さぞかし立派な治世になるであろうと期待していたにもかかわらず、「いかさまに思ほしめせか」（一体どのようにお考えになったかわれわれには見当もつかないが）亡くなってしまったとし、それに伴い皇子に仕える者たちの途方に暮れる様子がうたわれる。この一六七を図式化すると次のようになる。

柿本人麻呂により一六七に示される構図

ア、天下り（降臨）　…　「かむ下し　いませまつりし　高照らす　日の御子は　明日香の
清御《きよみ》の宮に　かむながら　太敷《ふとし》きまして」

イ、すめろきの過去からの歴史的継続　…　記述なし

ウ、現在の日並皇子　…　「吾が大君　皇子の命の　天《あめ》の下　知らしめす世は」

※「すめろき」となる予定であった「大君」（草壁皇子）について

エ、オ、カ　…「そこゆゑに　皇子の宮人《みやひと》　ゆくへ知らずも」

※草壁皇子を失った皇子に仕える者の動揺した様子の描写

先に挙げた大伴家持の四〇九四と比較すると、まず、アに位置する「天下り」する「かみ」が異なることに気づく。「葦原の瑞穂の国を天下り知らしめしける」(四〇九四)は、神武天皇のことであり、「かむ下しいませまつりし高照らす日の御子」(一六七)は、「明日香の清御の宮」(一六七)とあることから天武天皇を指し示すと推定することができるからである。しかし、このような指摘にとどまるならば、萬葉人にとっての「天下り」の意味を見失ってしまう。家持は四〇九四において、どこの宮に誰が「天下り」したのかと明言していない。家持はただ「葦原の瑞穂の国」を治めるために「天下り」したとうたったにすぎない。後世の者は、『古事記』や『日本書紀』などを念頭に置きながら、「天下り」をした「すめろき」は神武天皇であり、その後、歴代の天皇が続くという前提で歌に接するため、「天下り」したものが異なることや、天皇の起点がどこに定められているのかということに関心を集中させることになる。

ここまで、人麻呂の二九、一六七、家持の四〇九四と三首の長歌を挙げた。「天下り」について触れているのは、一六七と四〇九四であった。家持の詔書を賀く歌の長歌四〇九四は、前章でも取り上げたように、聖武天皇が東大寺盧舎那仏の前で陸奥国から金《くがね》が産出したことを謝する詔

〈第十二詔と第十三詔〉の中に大伴氏に対する言及があり、それに対し、家持が歓喜し触発され、過去から歴史的に継続している大伴氏であるから、これまでそうであったように現在の「われわれ」も一致団結して「御門の守り」の任に着こうではないかとうたう一首である。現在の「われわれ」は、「天下り」し「御代重ね」てきた「すめろきのかみの命」に仕えてきた過去の「祖ども」と、過去から歴史的に継続して共に存している。「天下り」したものに仕えることが、「われわれ」が共に在ることの根拠であり、同時に正統性を保証することであった。

〈いま・ここ〉で歌を享受する「われわれ」は、過去の祖先がそうであったように「天下り」したものに仕えていなくては、その過去の祖先たちと共に在ることができない。過去・現在・未来において、共に在ることができないのであれば、「われわれ」がいま・ここにおいて共に在ることは保証されないことになる。「天下り」し「御代重ね」ている「すめろきのかみの命」がそれを保証し正統性を担保する。第二章で自然を「ふたり」共に見ることによって、その自然が「ふたり」が共に在るための紐帯をなす位置に置かれていることについて触れた。それと同様に「天下り」したものは、「われわれ」の共在の紐帯に位置づけられるのである。

一方、人麻呂の長歌一六七は、「日並皇子尊《ひなみしみこのみこと》の殯宮の時」と題詞にあるように、日に並ぶと称された草壁皇子の殯宮にのぞみ、「草壁皇子を格式高く祭ること」[3]を目的としてうたわれている。「明日香の清御《きよみ》」に宮を置いた天武天皇の皇子である草壁は、「すめろき」となる予定であったが世を去ってしまった。それによって、皇子と関係の深い「われわれ」は途方に暮れざるを得ない。途方に暮れざるを得ないのは、草壁皇子の殯宮に参集した人麻呂たち「われわれ」が、草壁皇子によって、共に在ることを保証されていたからである。皇子亡き後、〈いま・ここ〉において、その保証を失い、「われわれ」は共に在ることができず途方に暮れているのである。このように、「天下り」してきたものは、「われわれ」の共在の紐帯として思念されていることが明らかになる。

これを踏まえ、人麻呂の近江荒都歌、長歌二九について検討したい。二九においては、「天下り」の記述が見られない。「大宮は　ここと聞けども　大殿は　ここと言へども　春草の　茂く生ひたる　霞立つ　春日の霧れる」とあるように、人麻呂たちの眼前には近江の宮殿もそこで生活していた人々も見当たらず、霞がかった春の光景のみ横たわっている。近江朝に仕えた者は、そこには誰もいないのである。人麻呂たちは、その光景を目にして「見れば悲しも」と、悲嘆することしかできない。荒廃した近江を目にして、そこに人麻呂たちは「在ること」の保証を見いだすことはできない。ここまで明らかにしたように、「天下り」は、〈いま・ここ〉に共に在ることを保証し正統性を担保するためにうたわれるのである。人気のない荒れ果てた都を「見る」ことにより、近江の宮やそれと関わっていた者たちが共に在ることを「知る」ことになる。近江朝に仕えた者たちがいないという現実を前にして、「われわれ」の共存・共在を保証する「すめろき」の「天下り」をうたうことは不可能であるし、それは意味を持ち得ない。これが近江荒都歌の長歌二九において、天孫降臨の記述が見られない理由である。

人麻呂たちは、近江朝に仕えた者たちを〈いま・ここ〉で目にすることはできない。彼らが見たのは荒都の光景である。近江朝に仕えた者たちは、天智天皇と共に「われわれ」として共に在ったであろう。しかし、〈いま・ここ〉においてその跡形もない。このことを「見る」ことにより「知る」こととなった人麻呂たちは、〈いま・ここ〉近江の地に立つ「われわれ」が滅びる可能性を意識せざるを得なかった。

「すめろき」と共に在る者は、消失してしまうはずがない。しかし、眼前には荒都が横たわる。二九に見られる「いかさまに思ほしめせか」の語について、「得体のしれない不安、懼れ」、「かくあらざるものに対する驚き、不審、問いかけ」、といった感情がそこに表出されていると解く説がある。(4) これらは、共に在ることが不可能になる危機を痛感したことに由来する「在ること」のゆらぎから生じるのである。

第三節　かみ・すめろき・ひと ― 日並皇子挽歌をめぐって ―

前節で見た日並皇子挽歌の長歌一六七は、かみの世界、「天下り」、草壁皇子の薨去という順にうたわれていた。この歌をめぐる議論は大別して二つある。

第一に、「日の御子」とは誰かという問題である。一六七には、「高照らす日の御子は明日香の清御《きよみ》の宮にかむながら太敷《ふとし》きまして」とある。「日の御子」を「明日香の清御」に「宮」を置いた天皇は天武天皇であることから、「天下り」するのは天武天皇であると推定される。[5] 一方、「日の御子」を「かみの命」の繰り返しの形と見なし、「明日香の　清御《きよみ》の宮に　かむながら　太敷《ふとし》きまして　すめろきの　敷《し》きます国」を挿入句として位置づけることにより、「日の御子」は日並（草壁）皇子であるとする説もある。[6] いずれにせよ、『古事記』にあるようなニニギノミコトの降臨が示されていないことから、「天下り」したものは何ものなのかという議論が生じる。

第二に、このニニギノミコトではないものの降臨をどのように考えるのかという問題である。『古事記』ではニニギノミコトの降臨が示されるが、なぜ一六七ではニニギノミコトではないものの降臨がうたわれるのかが議論の焦点となっている。この議論には次のような諸説がある。一つは、ニニギ・天武二重写し説（幻視説）と呼び得るものである。

天地開闢より説き起した天孫降臨の叙述がやがて天武天皇の御事跡となつて前半を結び、後半に日並皇子が人々の期待を裏切つて薨去された悲しみを述べてゐる。

［注釈］（二重写し説）

…「今」の神に「古」の神々を飽和させた表現、表面にあるものはあくまで天武天皇で、その天武天皇が天照大御神以来の長く重い神統譜を古代的な幻視として背負った「神」そのものと待遇された表現である…

（伊藤博『萬葉集の表現と方法　下』塙書房、一九七六年、一〇一頁）（幻視説）

ニニギノミコトと天武天皇が二重写しになっている、あるいは、「かみ」の語にいにしえからの「かみがみ」を背負わせていると考えるのがこれらの説である。

一方、天武降臨神話説と称するべき説がある。つまり、『古事記』や『日本書紀』にあるニニギノミコトの話とは異なり、これは人麻呂が独自に創りだした天武天皇の降臨神話であるとする説がそれである。

> 王朝の創始をになった「神」として、天降り、死して天上にもどって天を治める。それは、そのように一般的に「信じられていた」というものではなく、人麻呂の表現をつうじて明確な形をとってきた思想ではなかったかとあらためていおう。
>
> （神野志隆光『柿本人麻呂研究』塙書房、一九九二年、一四七頁）

> 『古事記』神話、『日本書紀』神話の各々（神野志隆光「神話研究の方法をめぐって」比較文学研究、一九九一年十一月）とは別に、天武系の天皇、皇子を、神々の神として造形する人麻呂の神話は、元正、聖武朝の歌の営みによって、継承されるのみならず、古典の地位を与えられようとしていたように思われる。
>
> （遠山一郎『天皇神話の形成と万葉集』塙書房、一九九八年、三〇八頁）

これらの説は、人麻呂が天武天皇を始祖神とし、「すめろき」を神話化したと言うのである。このことを神野志説は「『すめろき』イデオロギー」（一四七頁）、遠山説は「人麻呂神話」（三〇五頁）と呼ぶ。

同様の立場から、人麻呂の近江荒都歌について、起源・基点として神武をすえる当該歌の手法は、やはり独自なものといえるだろう。そこにはしたがって、独自な意図がこめられているのではないか。あえていうなら、それは神武天皇にはじまり、天智天皇におわるひとつの皇統譜を提示するというものだったのではないだろうか。

（身﨑壽『人麻呂の方法―時間・空間・「語り手」』北海道大学図書刊行会、二〇〇五年、一九二頁。初出は一九九六年）

と論じた身﨑説は、日並皇子挽歌冒頭に「かむ下し　いませまつりし　高照らす　日の御子は明日香の　清御《きよみ》の宮にかむながら　太敷《ふとし》きまして」とあることから、これは天武天皇の降臨の記述であるとし、天智天皇を起点とする一つの皇統の終焉をうたうものであると見なしている。

これらの議論に対し、伊藤益『危機の神話か神話の危機か』(7)は、人麻呂が天武からの皇統を、それまでの皇統とは異なるものとして位置づけていることを首肯しつつも、「神野志・遠山説は、独特の神話を独自に語りいだそうという人麻呂の試みが、神話を語ることの常態から逸脱している点についての明確な説明を欠いている」（一五頁）と指摘し、この議論が「『個の神話』の存在を、神話をめぐる言説の無媒介な前提とさえしているように見える」（一五頁）と述べる。これは、いずれも人麻呂が「天武始祖神話」や「『すめろき』イデオロギー」を創作したという前提に立って論が進められている点に対する批判である。その批判に続き、「神話は、個的に創りあげられるものではない。それは種的位相において、いつもすでに共同主観的に構築されて在る」（一五頁）とする。つまり、誰とも関わりなく人麻呂が単独で神話を創作することは不可能であるし、人麻呂が創りだしたものを人々が受容しなければそもそも神話にならないということである。では、その受容者側、すなわち、当時の人々はどのようなものの見方・考え方をしていたのか、このことから再検討する必要があろう。

本章で触れたいずれの歌の中でも、「すめろき」は「天」から「下」ることで「瑞穂の国」を「かみ」のまま治め、「かむ上《あが》」り、「天」に帰る「かみ」として位置づけられている。「八百万千万《ちよろづ》神《かみ》の　かむ集ひ　集ひいまして」と、日並皇子挽歌一六七冒頭にある。この「八百万千万神」が「天の下」に下ることはない。「天」において合議しその結果「すめろきの御霊助け」（二九）ることで「瑞穂の国」に間接的にかかわる。直接「天」から下り「天の下」を治めるのは「すめろき」に限られる。よって、「すめろき」とは「かみ」の中でも「天」から「下り」、「天の下」にある「瑞穂の国」を治める「かみ」である。「天下り」の後、「すめろき」は、「瑞穂の国」を「かみ」のまま治め、「天」に戻るものとしてうたわれている。すると、「すめろき」は「天下り」「かむ上る」という「天《あめ》」と「地《つち》」との往来を反復し続けていることになる。「ひと」が生きる「地《つち》」は不可逆的時空である。これとは異なる「天《あめ》」という可逆的時空に関わるものを「かみ」と呼んでいるのである。「すろめき」の「天《あめ》」「地《つち》」の往復を「見る」ことにより把握する「地《つち》」に立つ「われわれ」は、不可逆的な時空に置かれている。(8) その「われわれ」の視点から、「天下り」を繰り返す「すめろき」を見ると、そこに時間的順序を見いだすことができ、さらに、どこの宮に「天下り」をしたのかという場所的位置づけができるのである。

先に見た家持の「詔書を賀く歌」を検討した際、「すめろき」の歴史的継続性は、それに代々仕えてきた「われわれ」大伴氏の共在の根拠となることを明らかにした。可逆的に反復する「すめろき」と共に在ることができれば、「われわれ」の共在も永続することにつながることが期待できる。よって、このことが共在の根拠となるのである。

一方、人麻呂の日並皇子挽歌には「皇子の宮人《みやひと》ゆくへ知らずも」（一六七）とある。皇子に仕えた「宮人」は、皇子なき今、これからどうなってしまうかわからない。皇子を支え共に在る「われわれ」は、共に在ることができなくなる事態に直面しているのである。皇子に仕えた者たちの視点からは、「われわれ」の共在が未来へ永続することを期待することはできるはずがない。「すめろき」ではない草壁皇子は、「天下り」「かむ上る」ものではないため、亡くなる。そのような情況における歌に、「すめろき」の歴史的な継続性を示す必要もなければ、それをうたうことも不可能である。したがって、人麻呂は、家持の近江荒都歌のように「橿原《かしはら》のひじりの御代ゆ」と、神武朝の事跡をうたわない。「すめろき」ではない皇子の死に接し、皇子に仕えた「宮人」が共に在ることができなくなる現実の前で、神武朝から連綿と続く歴史的継続性をうたう必要もなければ、うたうこともできないのである。

次に、問題となっていた日並皇子挽歌一六七に見られる皇子の父、「明日香の清御」に宮を置いた「すめろき」である天武天皇の降臨の記述についてである。そもそも、この問題をめぐる議論では、降臨にばかり着目されているが、一六七には、「かむ上り　上りいましぬ」とあり、天武天皇の崩御についてもうたわれている。つまり、ここでは、「ひと」の視点から、「すめろき」の反復する「天《あめ》」「地《つち》」の往復の一側面がうたわれているのである。そのような「かみ」である「すめろき」にも、「天の下」の「四万の人」にも、亡き皇子は期待されていたとうたうことで、その歌を受容する者たちと、そのような皇子と共に在ることのできない悲しみを共有したのである。

（1）伊藤博『萬葉集の歌人と作品　上』（塙書房、一九八五年）。
（2）三田誠司『萬葉集の羈旅と文芸』（塙書房、二〇一二年）は、「『羈旅』という語には、都を遠く離れての旅、より具体的にいえば『畿外』への旅という印象があったのではないか」（六頁）と指摘する。
（3）［釋注］一・三九二頁。
（4）例えば、青木生子『萬葉挽歌論』（塙書房、一九八四年）は「かくあるべからざるものに対する驚き、不審、問いかけ」（八一頁）とし、神野志隆光『柿本人麻呂研究』（塙書房、一九九二年）は「直接には近江への遷都に対して発せられたものだが、その結果としてもたらされた荒都の現実—失われたものに投げかけられた問いかけなのでもある」(二三八頁)とする。

(5)　天武天皇説を採用する注釈書は、[考]、[新考]、[古義]、[全釈]、[全註釈]、[私注]、[注釈]、[釋注]などがある。日並皇子説は、異伝に「いましにしかば」とあり、これを採用し「かみのまま(日並皇子が)天上に登って行ってしまわれたので、『吾が大君皇子の命の』」と解すと、「吾が大君皇子の命」が何を指しているのか不明となる。

(6)　日並皇子説を採用する注釈書は[代匠記(初・精)]、[講義]、[窪田評釈]、[大系]などがある。

(7)　伊藤益『危機の神話か神話の危機か』(筑波大学出版会、二〇〇七年、初出は『萬葉集研究』第二十七集、塙書房、二〇〇五年)。

(8)　伊藤益『ことばと時間―古代日本人の思想―』(大和書房、一九九〇年、一六四頁以下)は、人麻呂が神代に関わる反復可能な可逆的時間と、それとは異なる不可逆的時間という「二類の時間の存在を看取していた」(一六四頁)ことを論じる。これは本書の「天下る」「かむ上る」という反復的な在り方をする「かみ」である「すめろき」に対する考察と視座を同じくするものである。

第六章　「在ること」と自覚

【写真】（著者撮影）
山辺の道

第一節　問題の所在

大伴家持は、天平十八年（七四六年）七月、国守として越中に赴任し都を離れる。家持が越中に滞在している間、都では東大寺の盧舎那仏造立に向けて着々と準備された。それとともに、元正上皇の崩御、聖武天皇の退位、孝謙天皇の即位などに伴う藤原仲麻呂の台頭という政治的な変動が起きる。およそ五年間の越中滞在の後、家持は帰京する。

天平勝宝五年（七五三年）二月十九日、左大臣橘諸兄七十の賀を祝する集いが諸兄宅で行われた。家持が帰京した天平勝宝三年（七五一年）八月から数えて一年半ほどが経過していた。家持はこのとき三十六歳であった(1)。次に挙げる『萬葉集』巻十九、四二八九は、この宴席にてうたわれた。

　二月の十九日に、左大臣橘家の宴にして、攀《よ》ぢ折れる柳の条《えだ》を見る歌一首

青柳《あをやぎ》のほつ枝攀《えよ》ぢ取りかづらくは君がやどにし千年寿《ちとせほ》くとぞ

（巻十九、四二八九、大伴家持(2)）

橘家の宴の四日後、帰宅した家持は、

二十三日に、興に依りて作る歌二首

春の野に霞たなびきうら悲しこの夕影にうぐひす鳴くも　（巻十九、四二九〇）

我がやどのいささ群竹《むらたけ》吹く風の音のかそけきこの夕《ゆふへ》かも　（巻十九、四二九一）

とうたう。この四二九〇、四二九一の二首と次の四二九二を合わせて、一般に家持の「絶唱三首」と呼ばれる。

二十五日に作る歌一首

うらうらに照れる春日にひばり上り心悲しもひとりし思へば　（巻十九、四二九二）

春日遅々《しゅんじつちち》にして、鶬鶊《さうかう》正に啼く。悽惆《せいちう》の意、歌にあらずしては撥《はら》ひかたきのみ。よりて、この歌を作り、もちて締緒《ていしょ》を展ぶ。ただし、この巻の中に作者の名字《な》を偁《い》はずして、ただ年月所処縁起のみを録《しる》せるは、皆大伴宿禰家持が裁作《つく》る歌詞なり。

四二九〇〜四二九二をめぐって、次のような指摘がある。青木生子『日本抒情詩論』(3)は、これら三首がうたわれる三年前、家持が越中にてつくった「春まけてもの悲しきにさ夜更けて羽振き鳴く鴫誰が田にか棲む」（四一四一）にある「ものがなし」と四二九〇の「うらがなし」とを比較し、「うらがなし」はこの「『ものかなし』といふ情調とも深い精神的連繋のあることを指摘しておきたい」（二四八頁）と述べる。

これを踏まえ、川口常孝『大伴家持』(4)は「三年前には、『物悲し』と漠然たる悲しみであったものが、ここでは明瞭に『うら悲し』＝『情悲し』と歌われる。これが三十七歳の家持によって確認された自己存在の究極なのである」（八八六頁）と述べる。続けて、家持の「情いぶせみ」（一四六八）、「いぶせみ」（四一一三）、「物悲し」（四一四一）、「情悲し」（四二四二）といった語に着目し、家持が「情」を常に問題としていたとする。その上で、これらの語は「いぶせし」グループと「物（情）悲し」グループに分割できることを指摘する。川口説は、「いぶせし」から「物（情）悲し」への推移は、「『移ろひ』という事物の変移・死滅の観念」（八八八頁）によるものであり、「『情いぶせし』の初段階では、家持はいまだ『いぶせさ』を強いるものの実体に思い及ばなかったが、ややにしてそれが死滅の理法であることに気付くに至る」（同頁）のだと指摘する。さらに、「家持は、彼みずからがはじめて経験した、静かなる自己肯定に立っていたのである」（同頁）という。

川口説は、このような推移を、家持の「変移・死滅」に対する覚悟によるものだとする。覚悟とは、「有限者が無限者を調伏する戦いは、真に可能であるのか。もし可能ならば、それは現実のなかに無限を創造することを措いてはない。生《な》ま身の自己を消去した、いわば、形而上的自己のごときを唯一自己と宣言することを措いてはない」（同頁）という「文人の覚悟」（同頁）であると述べる。このような覚悟に基づき、四二九二において家持は「自己存在の究極」（同頁）を見出し「静かなる自己肯定」（同頁）に立っていると言及する。

これらの説は、越中時代と帰京後における家持の情念の変化を把握する試みである。川口説にしたがえば、家持は諸物の「変移・死滅」に対する覚悟を抱くことにより、四二九二において、「有限者が無限者を調伏する」ような「自己存在の究極」「静かなる自己肯定」という地平を見いだすに至ったことになる。

しかしながら、川口説が四二九二に対する指摘の結論として導出する「自己存在の究極」、あるいは「静かなる自己肯定」とはいかなることであろうか。そもそも、四二九二で示されているのは「有限者が無限者を調伏する戦いは、真に可能であるのか」という問いに対する家持の答えなのだろうか。家持は、みずからを他と関わりなく自立し単独で在る「自己存在」であり、その単独なる「自己存在」にまつわる有限性を克服し「自己」を肯定することを希求していたのだろうか。本章では、『萬葉集』巻十九の巻末四首に至るまでの家持の歌を検討することによって、今列挙した疑問と向き合い、家持にとって「在ること」とはどういうことなのかを論じる。

第二節　理想としての「在ること」

第四章、第五章では、家持の「詔書を賀く歌」を取り上げた。天平二十一年（七四九年）二月二十二日、聖武天皇は陸奥より金が産出したことを畿内七道の諸社に通達する。当時、建造中だったいわゆる奈良の大仏、盧舎那仏のための金が産出したのである。その二ヶ月後の四月一日、造立場所である東大寺に聖武天皇は行幸する。そこで大仏と対面し、左大臣橘諸兄を通じて宣命を発する。その第十三詔に「大伴と佐伯の宿禰は、その先祖代々、天皇の御門を守るために自身を顧みることなく尽力しているので、我が御世でも励んでほしい」ということが示される。このとき、越中に国守として赴任していた家持は、従五位上に昇叙され、この詔やみずからの処遇に対し、歓喜し触発され、「陸奥の国に金を出だす詔書を賀く歌」（詔書を賀く歌）をうたう。

その中で家持は、大伴氏と「すめろき」との関係に焦点を定め、「すめろき」が「葦原の瑞穂の国」に「天下」ったこと、そして大伴氏の「遠つ神祖」が「天下り」「かむ上る」ことを繰り返す間、ずっと「すめろき」に仕えてきたことをうたった。「すめろき」は脈々と絶えることなく続いており、大伴氏は天孫降臨以来ずっと「すろめき」に仕え、それを支えているのだという。(5)

第四章で明らかにしたように、家持は次のように考えていた。過去の祖先が行ったように現在の者も行い、現在の者が行ったように未来の子孫も行うことが可能であれば、それは同一の行為をする「われわれ」が共に在ることができる。「伴の男」として武功を挙げる大伴氏という一群である「われわれ」が、同一の行為を行い続ける限り、「われわれ」として生き続ける。つまり、一体的な大伴氏が今までもこれからも同一であれば、大伴氏は今までもこれからも一体的なる「われわれ」として、共に在り続けることができるのである。よって、歴史的継続性が共に在ることの根拠となっていることを指摘した。

家持は、過去から続き、〈いま・ここ〉において共に在る「われわれ」大伴氏は、未来へ永続すると考える。しかしながら、家持は、ただ漠然と永続を信じ「絶ゆることなく」（四〇九八）「仕へまつらめ」（四〇九八）と切望していたわけではない。一方で、家持は、諸物の有限性を強く意識している。

例えば、第三章で触れた、

世間の無常を悲しぶる歌一首并せて短歌

天地の　遠き初めよ　俗中《よのなか》は　常なきものと　語り継ぎ　流らへ来れ　天の原　振り放《さ》け見れば　照る月も　満ち欠けしけり　あしひきの　山の木末《こぬれ》も　春されば　花咲きにほひ　秋づけば　露霜負ひて　風交《まじ》り　もみち散りけり　うつせみも　かくのみならし　紅の　色もうつろひ　ぬばたまの　黒髪変り　朝の笑《ゑ》み　夕《ゆうへ》変らひ　吹く風の　見えぬがごとく　行く水の　止まらぬごとく　常もなく　うつろふ見れば　にはたづみ　流るる涙　留めかねつも

（巻十九、四一六〇）

言とはぬ木すら春咲き秋づけばもみち散らくは常をなみこそ　一には「常なけむとぞ」という

（巻十九、四一六一）

うつせみの常なき見れば世間《よのなか》に心つけずて思ふ日ぞ多き　一には「嘆く日ぞ多き」といふ

（巻十九、四一六二）

という越中における家持の歌があった。ここで家持は、世の中にある一切が変転を免れ得ないことに対し悲嘆している。有限である現世に生きる家持が、無限なる事態を希求していると考えるならば、川口説の言うように、「有限者が無限者を調伏する戦いは、真に可能であるのか」という問いを家持が抱いていたかのように見えるかもしれない。しかしながら、もしそれが問題であれば、家持はその答えを容易に導出できるはずである。

家持の思念にしたがえば、過去から続く「われわれ」大伴氏は、その歴史的継続性によって、〈いま・ここ〉において共に在ることが保証される。「共に在ること」が確証されたものは、そのまま未来へ続くべきものであった。家持にとって「在ること」が保証されたものは、そもそも有限ではない。共に在る「われわれ」は、未来へ永続してこそ「在ること」ができるのである。家持自身が生物学的な死に至り消滅したとしても、過去から連綿と続く「すめろき」を支え、代々「ますらをの清きその名」を背負う「われわれ」大伴氏が、一体的に今後とも継続するのであれば、「在ること」は確証されるのである。そのような保証があってこそ、現に「在る」と言うことができるのである。したがって、家持にとっての問題は、共在の保証を逸し、それが確証され得なくなることである。つまり、「われ」の問題ではなく、「われわれ」の問題なのである。

過去から連綿と継続して「内兵」として天皇を支えてきた大伴氏は、未来永劫続くべきものであると、家持は「在るべき姿」、すなわち、「在ること」を理想として歌にした。しかしながら、諸物の推移・変転・消滅を目の当たりにしたとき、それは動揺せざるを得ない。変転する現実に直面し、「われわれ」の永続は不可能であるのではないかという疑念が生ずるのである。家持の示す理想においては、永続することが確証されてはじめて、共に在ると言えるのである。過去から未来への連続の中に、「われわれ」が一丸となって共に在ることが「在ること」である。よって、永続性の否定、共在の否定は、そのまま「在ること」に対する否定となるのである。

第三節　原点の喪失とその自覚

四二八九がうたわれた左大臣橘諸兄の七十の算賀の宴は、天平勝宝五年（七五三年）二月十九日、その橘諸兄の邸宅で行われた。家持が越中から帰京した天平勝宝三年（七五一年）八月から数えて一年半ほどが経過している。

「詔書を賀く歌」は、家持が越中でうたったものである。そこで家持は、越中にて、天孫降臨以来、天皇に仕えてきたという歴史的継続性に支えられた「われわれ」大伴氏は、志を一つにして、これまで同様に尽力しようとうたった。すなわち、永続性に保証された共在こそが、家持が理想とした「在ること」であった。詔書によって大伴氏が激励され歓喜していた家持は、帰京後、越中滞在時よりも、大伴氏の活躍の機会を得られると考えていたであろう。しかし、家持のそのような思いをよそに、越中滞在中、都では政治的な変動が生じている。

天平二十年（七四八年）四月に元正上皇が崩御、翌年、天平感宝元年（七四九年）七月には聖武天皇が退位、それに伴い、藤原仲麻呂のいとこである阿倍内親王が即位し孝謙天皇となる。これにより、藤原仲麻呂が大納言兼紫微令となり、勢力を拡大し、長年、大伴氏を庇護している橘諸兄の子、奈良麻呂と対立するに至る。天平勝宝三年（七五一年）八月、家持は越中より帰京する。その約一年半後、天平勝宝五年（七五三年）二月十九日、左大臣橘諸兄七十の賀を祝する集いが諸兄宅で行われた。

　二月の十九日に、左大臣橘家の宴にして、攀ぢ折れる柳の条を見る歌一首
青柳のほつ枝攀ぢ取りかづらくは君がやどにし千年寿くとぞ

（巻十九、四二八九）

一首は、今まさに伸びようとしている生命力の最も旺盛である新芽の先端、「ほつ枝」を折ってかずらにし、橘家の千年の繁栄を祈る歌である。ここに「君がやどにし」という表現が用いられている。『萬葉集』の宴席歌において、このように場を明示する言葉はこれ以外に用例がない。宴席で場所を指定しないのは、宴席の参加者にとって場は自明のことであり、あえて示す必要はないからである。しかしながら、この橘諸兄七十の算賀の宴席歌には宴席の場が示されている。

この「君がやどにし」をめぐってさまざまな議論がなされている。「君がやどにし」は「青柳」の「ほつ枝」にかけるべきであり、「あなたの家の青柳の枝を」と解するべきであるとする説、(6)「君がやどにし」を強調するためであるという説など(7)が挙げられる。それらの議論を踏まえ、『釋注』は、祝意の意を強調するのは算賀に集まった人々の賑わいを表現するためであるとし、殊更に賑わいを表現した理由は、実際は家持が予期したほど人が参集しなかったか、参集すべき人の中で思いもかけぬ人が顔を出さなかったからではないかとする。すなわち、家持はあえて、賑わっていることにしたいという思いを込めて、殊更「君がやどにし」と宴席の場を強調したのだという。

四二八九において、家持は、「千年寿く」とうたう。しかし、その言葉とは裏腹に、藤原仲麻呂が台頭した今、家持は橘氏が今後隆盛するとは考えられず、橘氏の永続は実現不可能であると感じていたのではないだろうか。(8)さらに、もし参集すべき人がその場にいないのであれば、それは志を一にして共に在る状態ではない。ここにおいて、家持は、永続性の否定、共在の否定を意識し、越中でうたったみずからの理想、「われわれ」大伴氏が共に在ることの保証を逸したことを痛感しているであろう。しかし、それを痛感しつつも、家持はあえて、橘氏は永続するのだと、「千年寿く」とうたわざるを得ない。なぜなら、未来へ継続しないことを認めてしまったならば、現在において共に在ることが保証されないことを是認することになってしまうからである。それはすなわち「在ること」ができないということにほかならない。

家持がいくら未来への継続を希求しようとも、家持の眼前の状況は橘氏が永続不可能であることを告げている。家持は、「千年寿く」、未来永劫継続するとうたうことで、橘氏とその宴席に参集した者と思いを共有することにより、この場の者たちと共に在ろうとしたのである。

この宴席から帰宅し、四日後の二月二十三日の詠である二首、四二九〇・四二九一、さらに、二十五日の歌、四二九二をうたう。

　二十三日に、興に依りて作る歌二首

春の野に霞たなびきうら悲しこの夕影にうぐひす鳴くも

(巻十九、四二九〇)

我がやどのいささ群竹《むらたけ》吹く風の音のかそけきこの夕《ゆうへ》かも

(巻十九、四二九一)

　二十五日に作る歌一首

うらうらに照れる春日にひばり上《あが》り心悲しもひとりし思へば

(巻十九、四二九二)

春日遅々にして鶬鶊正に啼く。悽惆の意、歌にあらずしては撥ひかたきのみ。よりて、この歌を作り、もちて締緒を展ぶ。ただし、この巻の中に作者の名字を偁はずして、ただ年月所処縁起のみを録せるは、皆大伴宿禰家持が裁作る歌詞なり。

家持の越中滞在中、聖武天皇は東大寺におもむき、盧舎那仏に「北面」して、みずからを「三宝の奴」と称している。北面とは、君主が南に向かい、臣下はこれに対し北に向かって座ることから、臣下として仕えることを意味する。盧舎那仏が君主、天皇が臣下という位置なのである。さらに、「三宝の奴」とは、仏法僧に仕えるものであり、聖武天皇がみずからを仏の下僕として表明したことになる。越中で「詔書を賀く歌」を朗々とうたい、〈在るべき〉理想を歌にした家持は、同時に、「天下り」「かむ上る」ことを反復して繰り返すもの、すなわち、「かみ」である「すめろき」が、「三宝の奴」と述べたことも耳にしていたはずである。

家持は、越中において、過去から連綿と続く「すめろき」を代々一丸となって支え、未来永劫、一体となり共に在る大伴氏こそが「在ること」であると示した。しかし、帰京後の現実を目の当たりにし、今までと同様に、過去から連綿と続く一丸となった「われわれ」大伴氏として在ることはできないのではないかと危惧したであろう。越中滞在中には、天《あめ》から降臨したはずの「すめろき」が「三宝の奴」と発言したことを家持は見聞したはずである。帰京後、政権は藤原仲麻呂に掌握されており、大伴氏の庇護者であった橘氏は没落の一途を辿っていた。
「君がやどにし」（四二八九）とうたった四日後の作、四二九一において、家持は自宅を指して「我がやど」という言葉を用いる。この語は、「君がやど」すなわち四日前の橘家での宴席を意識して用いられたと思われる。題詞「興に依りて」の解釈によっては、一首は家持の想像による歌であると判断すべきであることになる。ここでは、歌から看取できる思念を明らかにすることを目的とするため、実景の描写であるか、想像であるかという問題には立ち入らず、家持の思念のあらわれとして歌を扱う。

家持にとって、大伴氏は、「すめろき」を支える大伴氏の名を背負う一丸の集団、共に在る「われわれ」であった。しかし、「我がやど」、すなわち自邸は、かすかな風の音が聞こえるほど静寂に包まれているとうたう。家持は、過去から連綿と続いてきた大伴氏の在り方を保持することがもはや不可能であると痛感しているからこそ、誰もいない自邸をうたっているのである。そこには共に在るべき者がいない。

その二日後、家持は「うらうらに照れる春日にひばり上り心悲しもひとりし思へば」（四二九二）とうたう。『萬葉集』中、「ひとり」に続く動詞としては、「寝」「居」「見」などが散見されるが、「ひとり思ふ」と続くのはこの歌にのみ見られる表現である。『萬葉集』においては、一般に、寝る、居る、見るなど、共に誰かと行うことのできる行為をあらわす動詞が「ひとり」に続く。これらに対し「思ふ」は、誰かと共に行う行為ではない。

第一章で確認したように、「ひとり」とは、「ふたり」共に在ることを常態とする萬葉人にとって、そこからの逸脱であった。お互いに「見る」ことにより、お互いが「在る」ことを認めた彼らは、共に在るべき相手がいないとき、「ひとり」という言葉を用いた。それは共に何らかの行為をするとき、相手の非在を意識せざるを得なかったからであった。

では、四二九二において家持はなぜ「ひとり」「思ふ」しかないのだろうか。それは、次のような理由である。先述のように、天皇を支える「八十伴の男」としての一丸となった大伴氏はすでに家持の眼前にはない。このことは四二九一で「我がやど」の寂莫としたありさまがうたわれた。共に何かを行うことはできないことを、「ひとり」「思ふ」しかないとうたった。

家持にとって、過去から連綿と続く「すめろき」を代々支えてきた大伴氏が一丸となって共に在ることが「在ること」であった。「詔書を賀く歌」などにより、「在ること」とはいかなることかをうたうことができた。それは、理想として、在るべき姿として、それは提示された。「われわれ」が永続しないことを認めた家持は今、その理想が実現不可能であることを意識せざるを得なくなったのである。家持は、永続性の否定、共在の否定を、歌にし、その自覚を表明したのである。

第一章で見た「ひとり」は、いずれも「ふたり」という常態からの逸脱を意味した。逸脱であるからこそ、「ふたり」共に在る原点へ復帰することを望むことができた。一方、家持は、共に在ることを、その歴史的継続性を根拠として、「在るべき姿」とした。この理想が実現不可能であると自覚したとき、同時に、帰るべき原点を喪失したのである。だからこそ、〈いま・ここ〉において、共に何かをすることは望み得ず、「ひとり」「思う」ほかなかった。共に在ることとは、「在ること」の原点である。その原点を喪失したことを歌にすること、それは「在ること」ができないという自覚の表明であった。

伊藤益『日本人の知』[9]は、家持の「ひとりし思へば」（四二九二）について、そこに見られる「思ふ」が「対象を措定する助詞『を』を伴」（二〇四頁）っていないことに留意すべきであるとし、このことによって「意識能作の対象性が明示的でなくなる」（二〇四頁）ことを指摘する。さらに、これは家持が「本源的に言い表わしえないものを、あえて思惟し（「思」い）つつ語り出そうとしている」（二〇四頁）ことに起因すると続ける。「在ること」ができないと自覚した家持には、その原点をどこにも見いだせない。それを言葉にしようとするも、「思ふ」対象が見つからないのである。よって、家持はうたった、「ひとりし思へば」と。

第四節　自覚の果てに

天平勝宝八歳[10]（七五六年）二月二日、酒席での暴言を密告された橘諸兄は左大臣を致仕する。続く五月二日、聖武天皇が崩じる。『続日本紀』によれば、その追悼供養は、五月八日の初七から、六月二十一日の七七をもって終わる。次に挙げる『萬葉集』中、家持最後の長歌四四六五を含む一連のいわゆる喩族歌には、その六月十四日の六七と、七七までの中間、六月十七日の日付が付されている。

族《うがら》を喩《さと》す歌一首并《あは》せて短歌

ひさかたの　天《あま》の門開《とひら》き　高千穂の　岳《たけ》に天降《あも》りし　すめろきの　かみの御代より　はじ弓
を　手握《たにぎ》り持たし　真鹿子矢《まかごや》を　手挟《たばさ》み添へて　大久米の　ますら健男《たけを》を　先に立て　靫取《ゆきと》
り負ほせ　山川を　岩根さくみて　踏み通り　国求《くにま》ぎしつつ　ちはやぶる　かみを言向《ことむ》け
まつろはぬ　人をも和《やは》し　掃き清め　仕へまつりて　蜻蛉島《あきづしま》　大和の国の　橿原の　畝傍の
宮に　宮柱　太知り立てて　天《あめ》の下　知らしめしける　すめろきの　天《あま》の日継と　継ぎてく

る　君の御代御代　隠《かく》さはぬ　明《あか》き心を　すめらへに　極め尽して　仕へくる　祖《おや》の官《つかさ》と
言立《ことだ》てて　授《さづ》けたまへる　子孫《うみのこ》の　いや継ぎ継ぎに　見る人の　語り継ぎてて　聞く人の
鏡にせむを　あたらしき　清きその名ぞ　おぼろかに　心思ひて　空言《むなこと》も　祖《おや》の名絶つな
大伴の　氏と名に負へる　ますらをの伴
（巻二十、四四六五）

磯城島の大和の国に明らけき名に負ふ伴の男《を》心つとめよ
（巻二十、四四六六）

剣大刀いよよ磨ぐべしいにしへゆさやけく負ひて来にしその名ぞ
（巻二十、四四六七）

右は、淡海真人三船が讒言に縁りて、出雲守大伴古慈斐宿禰、任を解かゆ。ここをもちて、家持この歌を作る。

病に臥《ふ》して無常《むじやう》を悲しび、道を修《をさ》めむと欲《おも》ひて作る歌二首

うつせみは数なき身なり山川のさやけき見つつ道を尋《たづ》ねな

渡る日の影に競《きほ》ひて尋ねてな清きその道またもあはむため　（巻二十、四四六八）

寿を願ひて作る歌一首

水粒《みつぼ》なす仮れる身ぞとは知れれどもなほし願ひつ千年《ちとせ》の命を　（巻二十、四四六九）

以前の歌六首は、六月の十七日に大伴宿禰家持作る。　（巻二十、四四七〇）

喩族歌の左注によれば、大伴古慈斐が淡海三船の讒言により出雲守の任を解かれたとある。『続日本紀』によると、これは五月十日のことである。[11]また、同年四月には、橘諸兄の子、橘奈良麻呂と大伴古麻呂（胡麻呂）らが、藤原仲麻呂を排斥するために謀反を企図する。その謀議は翌年六月二十八日に山背王の密告により露見し、関わった四百四十三名が処刑される。家持の歌友、大伴池主もそれに連座した。その五ヶ月前の一月には橘諸兄が他界している。

長歌四四六五は、「詔書を賀く歌」と同様に、天孫降臨以来、すめろきに仕えた大伴氏の事跡にはじまり、すめろきがどのようなものであるのかを示し、その「われわれ」大伴氏の「名」を

「言立てて授け」た聖武天皇のことに触れ、〈いま・ここ〉において「われわれ」大伴氏の共に在ることをうたい上げている。過去から連綿と継続していることによって、〈いま・ここ〉において共に在ることを保証するとともに、そのような在り方で〈いま・ここ〉における「われわれ」も共に在るべきであるという家持の理想としての「在ること」がここにも示される。それに続く短歌四四六六〜四四六七では、大伴氏としての「われわれ」の「名」が強調される。

この三年前、「ひとりし思へば」（四二九二）とうたい、共在という原点の喪失を自覚した家持は、この歌でみずからうたう「在ること」が、〈いま・ここ〉において実現不可能な理想にすぎないことを自覚せざるを得なかった。大伴氏を庇護してきた橘諸兄の失脚、大伴氏の功績を詔書により称えた聖武天皇の崩御といった現実は、家持のうたう理想としての「在ること」が、実現できない理想にとどまることを跡付ける。さらに、大伴氏の古参、大伴古慈斐が朝廷を誹謗したというかどによって出雲守を解任され、橘諸兄の子、奈良麻呂と大伴古麻呂らは藤原仲麻呂排斥のために謀反の準備を着々と進めている。志を一つにしてすめろきを支える「われわれ」大伴氏は、〈いま・ここ〉にはない。そのような情況の中、家持はこの喩族歌をうたった。家持は、理想としての「在ること」が、実現し得ないことを重々承知している。「清きその名」（四四六五）、「明らけき名」（四四六六）、「さやけく負ひて来にしその名」（四四六七）を持つ大伴氏が、そのような在り方で〈いま・ここ〉において共に在ることはできない。この自覚があるからこそ、四四六八〜四四七〇が続けてうたわれる。

「さやけく負ひて来にしその名」（四四六七）「山川のさやけき」（四四六八）と、また、「清きその名」（四四六五）「清きその道」（四四六九）というように、同じ言葉が用いられる。［釋注］によれば「さやけし」は「対象の清らかさから触発されたさわやかで明るい感じを表わす形容詞」であり、「清し」は「対象のよごれのない状態を言い表す形容詞」である。大伴氏の「清きその名」は、「われわれ」が過去から続く在り方と同じように〈いま・ここ〉において共に在ることによって維持されるはずのものであった。しかし、それはもう〈いま・ここ〉にはない。このことをすでに自覚している家持は、その実現を〈いま・ここ〉に求めることはできない。〈いま・ここ〉ではない、いつか、どこかで「清きその道」は実現され得るかもしれない。そう考える家持は「またもあはむため」とうたい、その過去から連綿と続いた「われわれ」大伴氏の在るべき姿、その理想の姿が、またいつか再び実現することを、〈いま・ここ〉ではない時空に求めるのである。

山川の清らかさから感じる「さやけさ」は変わらないが、みずからの身は「数なき身」である。家持の理想である過去から連綿と続いた「われわれ」大伴氏の「さやけく負ひて来」た「その名」は、理想であるがゆえに、変わらない。眼前の現実は、先述の通り、常なることはなく、その理想からは遠ざかるばかりであるし、〈いま・ここ〉において実現不可能であることを家持は自覚している。だからこそ、〈いま・ここ〉ではない時空にその実現を希求せざるを得ない。

四四七〇で家持は、「みずからの身は水粒のようにはかないものであると知っているけれども、それでもやはり千年の命を願わずにはいられない」とうたう。詔書を賀く歌や喩族歌に示した理想としての「在ること」は、〈いま・ここ〉において実現し得ない。四二九二で「ひとりし思へば」とうたうことでそのことを自覚したことが表明された。〈いま・ここ〉においてはその実現は望み得ない。家持は、〈いま・ここ〉ではない時空において「われわれ」大伴氏の在るべき姿が実現することを願い、その時空に立つために、千年の命を願わずにはいられない。「在ること」の原点を喪失したことを自覚し、〈いま・ここ〉においてその実現を望み得ない家持は、〈いま・ここ〉ではない、いつか、どこかで、その理想が実現されることを切望した。それは不可能なことであると「知れれども」、求めざるを得ないことであった。「在ること」ができない、それを〈いま・ここ〉において望めない、このような自覚があるがゆえに、〈いま・ここ〉ではないどこかにその実現可能な時空を想定せざるを得なかったのである。

家持は、「われわれ」大伴氏が共に在るみずからの理想を、〈いま・ここ〉ではないどこかに想定した。かりにそれが実現したとしても、そのとき、家持は生きてはいないであろうことを承知している。家持は、みずからの死後、いつか、どこかで、大伴氏の「われわれ」が共に在ることが実現されることを想定したのである。それは夢想かもしれない。しかし、「在ること」の原点の喪失を自覚した家持は、〈いま・ここ〉において「在ること」を望むことができないのである。「在ること」に関わるからこそ、家持は、みずからが千年の命を得て、そのいつか、どこかでみずからの理想が実現されるべき時空において、「われわれ」として、大伴氏として、共に在りたいと願い、歌をうたわざるを得なかったのである。なぜなら、〈いま・ここ〉において「在ること」ができないことを自覚した家持にとって、共に在ることは、まだ見ぬ者たちと共に実現するほかないからである。みずからの身が滅んだとしても、歌は残る。歌の言葉を〈いま・ここ〉にはいない者たち、まだ見ぬ者たちと共有することで共に在ろうとすることしか、家持には残されていなかったのである。

（1）大伴家持の生年は諸説あるが、本論文は、『群書類従』所収『大伴系図』に延暦四年（七八五年）享年六十八歳とあることから、養老二年（七一八年）生まれと推定する説にしたがう。
（2）以降、本章に掲示する歌は、すべて大伴家持作である。
（3）青木生子『日本抒情詩論』（弘文堂、一九五七年）。
（4）川口常孝『大伴家持』（桜楓社、一九七六年）。
（5）「すめろき」については、第三章にて詳論した。
（6）［総釈］第十（森本健吉）など。
（7）［全釈］など。
（8）この点について、橋本達雄「悽惆の意―その根底に潜在したもの―」（『大伴家持作品論攷』塙書房、一九八五年、初出は一九八二年）に、「諸兄にすでに昔日の威光はなく、賀歌は空しく虚空に消え、官位昇進の望みは断たれて、人事はなべて仲麻呂の手によって左右される現状を、家持はひしひしと感じ取っていたに違いない。このいかんともしがたい時代閉塞と自己閉塞の捉えどころのない憂愁が根柢に潜在しつつ、二十三日の『興』となって展開した」(三〇九頁)とある。

(9) 伊藤益『日本人の知』(北樹出版、一九九五年)。

(10) 天平勝宝七年一月七日、勅により「年」は「歳」に改められた(『続日本紀』天平勝宝七年正月条)。その後、天平勝宝九歳まで続き、天平宝字に改元されると「年」に戻された。

(11) 『続日本紀』によると、大伴古慈斐と淡海三船の両者が朝廷を誹謗したとあり、古慈斐の薨伝にはこのことを讒言したのは藤原仲麻呂であったことが記されている。実態は不詳であり諸説ある。なお、両者とも三日後に赦免される。大伴古慈斐は出雲守を解任されたとき、従四位上で六十二歳であった。家持より四階上、年齢は二十三歳上である。

(12) [釋注] 四四六五~四四七〇、釈文。

第七章　「孤悲」

【写真】（著者撮影）
左：サクラ
右上：ツバキ　右下：アジサイ

第一節　ひとり・かなし

現代を生きる私たちは、一般に男女間の情交を指し示すとき「恋愛」という言葉を用いる。双方が好意を抱いている場合にも、どちらかが一方的に好意を抱いている場合にも、この言葉を使う。さらに、思いが遂げられない場合を「失恋」と言うが、その事態も含め「恋愛」と呼ばれることがある。つまり、「恋愛」という概念は、意志や理性を有する「個人」が、別の「個人」に対し、情感を抱き、その思いを実現しようとする営みとしてとらえられている。

この「恋愛」という概念を前提として、『萬葉集』には「恋愛」の歌が多く収められていると評されることがある。しかし、本書は、この「恋愛」という概念を用いて『萬葉集』の歌を分類・分析しない。なぜなら、この「恋愛」という語は、明治期につくられた西欧語 love の翻訳に伴ってつくられた言葉であるからである。(1) もともと「恋」と「愛」とは別概念であり、それぞれ意を異にしていた。その二語を熟語とし、西欧語の翻訳に用い、「恋愛」という言葉はつくられたのである。そのような概念を用い、『萬葉集』を分類・分析することは、明治以降に成立した枠組みに、それ以前のものを当てはめることになり、萬葉人のものの見方・考え方を探究する本書の試みに適さない。

この視点からは、「恋」という言葉が『萬葉集』の中に数多く見られることを根拠に、「恋愛」の歌が多いと指摘するのは誤りであることになる。なぜなら、萬葉の時代にあるのは「恋」という語であって、「恋愛」という言葉ではないからである。では、そもそも、「恋」とはいかなることであったのだろうか。『萬葉集』には、次のような歌がある。

藤井連、遷任して京に上る時に、娘子《をとめ》が贈る歌一首
明日よりは我は孤悲《こひ》むな名欲山《なほりやま》石踏みならし君が越え去なば
（巻九、一七七八）

ここに「孤悲」という表記が見られる。この用字について、武智雅一「萬葉集に見える聯想的用字」[2]は、「こひ」が孤《ひと》り悲《かな》しむものであったことを示す端的な証左であると指摘する。これを踏まえ、伊藤博『萬葉集相聞の世界』[3]は、「萬葉人にとって、恋とは『孤悲』であった。好きな人と離れていて孤り悲しむこと、それが恋であった」（五八頁）と述べる。

第一章で明らかにしたように、「ひとり」とは、共に在るべき相手と共に在ること、すなわち、「ふたり」を常態と見なすことを前提に、その常態からの逸脱であることであった。よって、一

首は、次のように理解できる。明日から「君」（夫）は、山を越え本郷を離れ異郷へ向かう。「我」と「君」とは、明日から「ふたり」共に在ることができない。「ふたり」共に在ることができないからこそ、「ひとり」「かなし」まざるを得ない。では、「かなし」とは、どのようなことであろうか。なぜそれは「ひとり」と結びつくのだろうか。

長逝せる弟を哀傷しぶる歌一首并せて短歌

天離《あまざか》る　鄙《ひな》を治めにと　大君の　任《しま》けのまにまに　出《い》でて来し　我れを送ると　あをによし
奈良山過ぎて　泉川　清き河原に　馬駐《とど》め　別れし時に　ま幸くて　我れ帰り来む　平《たひら》けく
斎《いは》ひて待てと　語らひて　来し日の極み　玉桙《たまほこ》の　道をた遠み　山川の　へなりてあれば
恋しけく　日長きものを　見まく欲《ほ》り　思ふ間に　玉梓《たまづさ》の　使の来れば　嬉しみと　我が待
ち問ふに　およづれの　たはこととかも　はしきよし　汝弟《なおと》の命　なにしかも　時しはあら
むを　はだすすき　穂に出づる秋の　萩の花　にほへるやどを　言ふこころは、この人ひととなり、
花草花樹を好愛《め》でて、多《さは》に寝院の庭に植ゑたり。故に「花薫《にほ》へる庭《やど》」といふ　朝庭《あさには》に　出で立ち平《なら》し　夕庭に
踏み平げず　佐保の内の　里を行き過ぎ　あしひきの　山の木末《こぬれ》に　白雲に　立ちたなびく
と　我れに告げつる　佐保山に火葬す。故に「佐保の内の里を行き過ぎ」といふ

（巻十七、三九五七）

ま幸くと言ひてしものを白雲に立ちたなびくと聞けばかなしも
（巻十七、三九五八）

かからむとかねて知りせば越の海の荒磯《ありそ》の波も見せましものを
（巻十七、三九五九）

右は、天平十八年の秋の九月の二十五日に、越中守大伴宿禰家持、遥かに弟の喪を聞き、感傷《かな》しびて作る。

大伴家持は越中へ赴任した直後、弟の書持を失う。その報せをうけた家持は、この一連の歌をうたう。弟のいる都を離れ、家持は弟と「ふたり」共に在ることができない。「山川のへなりてあれば」（三九五七）とあるように、山川が「ふたり」を隔絶しているからである。第二章第二節で検討したように、山川は「ふたり」共に在ることに対する障壁となる。互いを「相見る」ことができず、共に在ることが確認できないからである。よって、家持は「見まく欲り」、すなわち、相手の姿を「見」て把握することを希望する。そのようなとき、弟の訃報が届く。山が「ふたり」を隔絶しているのであれば、「ふたり」という原点に回帰することを望み得る。しかし、弟は山の梢の「白雲」となってたなびいていると聞いてしまった。この訃報により、家持は、弟と共に在る原点、「ふたり」に回帰する望みを絶たれたのである。家持はそれを聞くと

「かなし」とうたった。共在の原点としての「ふたり」へ回帰する希望を失ったからである。
家持による次の歌にも、聞くことと「かなし」とが関連づけられ、「聞きのかなしも」とうたわれる。

独り幄《とばり》の裏《うち》に居りて、遙かに霍公鳥《ほととぎす》の喧《な》くを聞きて作る歌一首并せて短歌

高御座　天の日継と　すめろきの　かみの命の　きこしをす　国のまほらに　山をしも　さはに多《おほ》みと　百鳥《ももとり》の　来居て鳴く声　春されば　聞きのかなしも　いづれをか　別《わ》きて偲はむ　卯の花の　咲く月立てば　めづらしく　鳴くほととぎす　あやめぐさ　玉貫くまでに　昼暮らし　夜わたし聞けど　聞くごとに　心つごきて　うち嘆き　あはれの鳥と　言はぬ時なし

（巻十八、四〇八九）

反歌

ゆくへなくありわたるともほととぎす鳴きし渡らばかくや偲はむ

（巻十八、四〇九〇）

卯の花のともにし鳴けばほととぎすいやめづらしも名告《なの》り鳴くなへ

（巻十八、四〇九一）

ほととぎすいとねたけくは橘の花散る時に来鳴《きな》き響《とよ》むる　（巻十八、四〇九二）

右の四首は、十日に大伴宿禰家持作る。

長歌四〇八九にある「聞きのかなしも」は、「春が來ると聞える聲が感動させる」［窪田評釈］（釈）、「春が來ると、聞く聲の身にしみることよ」同（語釈）、「春になると聞いてゐても可愛いよ」［注釈］、「聞いてひとしお身にしみる」［釋注］（釈文）、「聞くことのうれしさよ」同（語釈）などと解される。一首の「かなし」は、先に見た「かなし」（三九五八）とは異なり、肯定的に用いられる。

朝比奈英夫「独居幄裏遙聞霍公鳥喧作歌の意義」(4)は、「名告り鳴くなへ」（四〇九一）に着目し、家持はみずからの「『名』に対する執着を投影し」（二九三頁）、「ほととぎすの声を己の名を告げて鳴いているように聞いたのであり、ここでは、まさにそのように聞くことができるという点にこそ、ほととぎすの声の得難い価値があったのだと思われる」（二九三頁）と指摘する。これにしたがえば、家持は時鳥の鳴く声を聞き、時鳥がみずからの名を自分に告げていると見なしたことになる。

第四章・第五章において取り上げた家持の「詔書を賀く歌」は、この歌がうたわれた二日後の詠である。そこに示された家持の「在ること」に対する考え方は、次の通りであった。「天下り」「かむ上る」ことを絶えず繰り返す可逆的時空にある「すめろき」に仕える「われわれ」大伴氏は、過去からの継続性を、共に在ることの根拠とし、その根拠があってこそ、未来への永続を保証される。これにより、〈いま・ここ〉において共に在ることができる。

四〇八九において家持は「高御座天の日継とすめろきのかみの命の聞こしをす国のまほらに」とうたう。しかしながら、ここでは「すめろき」とも「われわれ」大伴氏には、関連づけられていない。

題詞「獨居幄裏遙聞霍公鳥喧作歌一首」に「独居」とある。芳賀紀雄『萬葉集と中國文學の受容[5]』によれば、『萬葉集』中において、題詞・左注に「独居」が用いられる例は家持の歌に限られており、漢語「独居」「独坐」の意を踏まえると、「自身の作歌状況をより明確に提示したものとして、独り坐っていてと解する」（六四三頁）ことができるという。独り坐っている家持の元へ、時鳥が飛来しみずからの「名」を告げる。その二日後、「詔書を賀く歌」の長歌四〇九四において、家持は「大伴の　遠《とほ》つ神祖《かむおや》の　その名をば　大久米主《おほくめぬし》と　負ひ持ちて」「大伴と　佐伯の氏は　人の祖の　立つる言立て　人の子は　祖の名絶たず」と、「われわれ」大伴氏の「名」を誇示する。時鳥の来訪のように、家持の元へは詔書により大伴氏の功績を称える報せが舞い込んだ。詔書には大伴氏の「名」があった。これに歓喜した家持は、時鳥が自分の「名」を告げたように、みずからを「すめろきのかみの命」（四〇八九）と関連づけ、その「名」を高らかにうたい上げたのである。

家持は、時鳥を「聞くごとに　心つごきて　うち嘆き　あはれの鳥」（四〇八九）であるとする。つまり、時鳥は、その声を聞くたびに心躍り、溜息の出るほど趣深い鳥であるという。なぜなら、「百鳥の　来居て鳴く声」（四〇八九）、すなわち、春になるとやってきて鳴く数多くの鳥の声とは異なり、時鳥は家持に対し「名告り」（四〇九一）鳴いたからである。「春されば聞きのかなしも」（四〇八九）というとき、春になり聞こえるのは「百鳥の来居て鳴く声」である。それはそれですばらしいが、時鳥は「名告り」鳴いたため、格別であるというのである。

さて、「長逝せる弟を哀傷しぶる歌」の長歌三九五七において、家持は弟の訃報を耳にし「かなし」（三九五八）とうたった。家持は、弟と共に在る原点、「ふたり」に回帰する望みを絶たれ、痛切に迫ってくる思いを「かなし」と表明した。一方、四〇八九では、春に来訪するたくさんの鳥の声に対して、それがすばらしい、心惹かれる、身にしみる、かわいいといった意味で「かなし」という言葉が用いられる。共在への回帰に対する絶望から来る情感である前者と、鳥の声に心惹かれる情感である後者とは、相反する。この相反する意を「かなし」は一語で担っている。「個人」が、鳥や弟の死といった事柄に直面して、感情や意志を持つに至るという視点からこのことをとらえると、その「個人」が抱く絶望に由来する感情と、心惹かれる思いとは異なるということになる。しかし、「関係」という視点からこれを考えるならば、そのようにはならない。「長逝せる弟を哀傷しぶる歌」をうたう家持は、弟の死の報せを聞くことにより、弟との関係を断ち切られた。一方、「霍公鳥の喧くを聞きて作る歌」においては、多数の鳥の声を聞くことではじめてそこに関係が構築された。「聞けばかなしも」（三九五八）、「聞きのかなしも」（四〇八九）とあるように、どちらも、聞くことを通じて「かなし」とうたわれている。ここに着目すると、次のことが言える。「聞く」ことを通じて、弟との「関係」が断たれたことを認めることになる。鳥の声を聞くことにより、鳥との「関係」が生ずることになる。「かなし」とは、関係が断たれたとき、悲嘆の吐露として用いられ、関係が生じたとき、歓喜や対象への愛着の意として使われる言葉なのである。したがって、「かなし」とは、関係の生成変化に伴う心情表現であるということになる。

本節冒頭で示したように、「孤悲」とは、「ひとり」「かなし」ということである。「ひとり」とは、共在を常態とする前提に立ち、共に在ることができないこと、すなわち、「ふたり」ではないことであった。一方、「かなし」とは、関係の生成変化に伴う心情の表明に用いられる語であった。

「相見る」ことで〈見る―見られる〉関係を結び、共に在ることは保証される（第一章第二節）。

共に在る「ふたり」が、さまざまな要因による関係の変化により、共に在ることができなくなり「ひとり」となる。こうして関係の生成変化に伴う心情表現である「かなし」が「ひとり」と結びつくのである。

第二節　「こひ」の原因

伊藤博『萬葉集の表現と方法　下』[6]は、動詞「こふ」をめぐって、『萬葉集』中、「〜を恋ふ」が概ね人以外のものに対し用いられる一方、人に対して用いる場合「〜に恋ふ」が一般的であることを明らかにした。これを認める立場から、伊藤益『日本人の愛』[7]は、格助詞「に」が単に対象を措定するにとどまらず、感情の方向性を表す助詞であり、原因や根源を示すことに着目し、「萬葉人が恋の原因を自分自身にではなく相手の側に見いだしていたことを如実に示す」（一一六頁）と論じる。すなわち、人の営みの中で用いられる「〜にこふ」とは、相手に引きつけられることを意味するという。「こひ」が相手に引きつけられることを意味していたということは、

故もなく我が下紐を解けしめて人にな知らせ直に逢ふまでに

（巻十一、二四一三、「正述心緒」）

恋ふること慰めかねて出でて行けば山をも川も知らず来にけり

（巻十一、二四一四、「正述心緒」）

という歌からも考えることができる。二四一三は「理由もなく下紐が解けるようにして私を困らせておいでですが、人には私共のことを知らせないでください、直接お逢いするまでは」という女の歌であり、それに対する二四一四は、「こひの苦しさを晴らせずに外に出て行くと、どれが山であるか川であるかもわからず、こんなところまで来てしまった」という女ゆえに彷徨うことをうたった男の歌である。

　二四一四では、「こひ」の苦しさゆえに、相手を捜し彷徨っていることが歌の中に示される。「こひ」とは、相手に引きつけられることであるからこそ、相手と共に在ることを求め、相手の方向に向かって彷徨うのである。

　では、なぜ相手に引きつけられるのだろうか。現代の私たちが考える「恋愛」であれば、まず「個人」があって、その「個人」が別の「個人」に対し好意を抱くからといった説明がなされるだろう。しかし、萬葉人の「こひ」に対して、この説明は適切ではない。そもそも「個人」という概念を彼らは前提としていない。共に在ることを原点（常態）とし、そこからの逸脱が「ひとり」であった。このことを踏まえ、この理由を考えたい。

夕月夜《ゆふづくよ》暁闇《あかときやみ》のおほほしく見し人ゆゑに恋ひわたるかも

（巻十二、三〇〇三、「寄㆑物陳㆑思」）

君が目を見《み》まく欲《ほ》りしてこの二夜千年《ふたよちとせ》のごとも我《あ》は恋ふるかも

（巻十二、二三八一、「正述㆓心緒㆒」）

三〇〇三には「見し人ゆゑに」、すなわち、「見る」ことにより把握した相手が原因で「こひ」続けることになったとある。つまり、相手が原因で相手に引きつけられるのが「こひ」であるとし、引きつけられる理由として「見る」こと（ここでは「見た」こと）が挙げられる。

また、二三八一では、「あなたの顔が見たくて仕方がなく、この二晩というもの（待ち遠しくてたまらず）、まるで千年経ったかのように私は恋い焦がれている」とうたわれる。「君が目を見まく欲り」とあり、相手を「見る」ことを欲するからこそ、「恋ふる」のだというのである。「相見る」こと、すなわち〈見る―見られる〉関係の成立により、共に在ることは保証される。

相手を「見る」ことによりその相手が「在ること」を確証すると同時に、相手に見られることにより、みずからが「在ること」を確定できる。したがって、〈見る―見られる〉関係の中においてのみ成立する共に在ることが常態であるからこそ、共に在ることができないとき、相手に引きつけられるのである。

第三節「こひ」の解消 ― 大伴家持の「恋」観 ―

大伴家持は「恋緒を述ぶる歌」という一連の歌をうたう。

恋緒を述ぶる歌一首 并せて短歌

妹も我《あ》れも　心は同じ　たぐへれど　いやなつかしく　相見れば　常初花《とこはつはな》に　心ぐし　めぐ
しもなしに　はしけやし　我《あ》が奥妻《おくづま》　大君の　命畏《みことかしこ》み　あしひきの　山越え野行き　天離《あまざか》る
鄙《ひな》治めにと　別れ来《こ》し　その日の極み　あらたまの　年行き返《がへ》り　春花の　うつろふまでに
相見ねば　いたもすべなみ　敷栲《しきたへ》の　袖返しつつ　寝《ぬ》る夜おちず　夢《いめ》には見れど　うつつに
し　直《ただ》にあらねば　恋しけく　千重に積もりぬ　近くあらば　帰りにだにも　うち行きて

妹《いも》が手枕《たまくら》 さし交《か》へて 寝《ね》ても来《こ》ましを 玉桙《たまほこ》の 道はし遠く 関さへに へなりてあれこ
そ よしゑやし よしはあらむぞ ほととぎす 来鳴《きな》かむ月に いつしかも 早くなりなむ
卯《う》の花の にほへる山を よそのみも 振り放け見つつ 近江道《あふみち》に い行き乗り立ち あを
によし 奈良の我家《わぎへ》に ぬえ鳥の うら泣けしつつ 下恋《したごひ》に 思ひうらぶれ 門に立ち
夕占《ゆふけ》問ひつつ 我《あ》を待つと 寝《な》すらむ妹を 逢ひて早見む
（巻十七、三九七八）

あらたまの年返るまで相見ねば心もしのに思ほゆるかも
（巻十七、三九七九）

ぬばたまの夢《いめ》にはもとな相見れど直《ただ》にあらねば恋やまずけり
（巻十七、三九八〇）

あしひきの山きへなりて遠けども心し行けば夢《いめ》に見えけり
（巻十七、三九八一）

春花のうつろふまでに相見ねば月日数《よ》みつつ妹待つらむぞ
（巻十七、三九八二）

右は、三月の二十日の夜の裏に、たちまちに恋情を起して作る。大伴宿禰家持越中国守の任にあった家持は、正税帳を太政官に提出する使者である正税帳使として都に上ることになる。これらの歌は、その際に都で待つ妻に披露することを意識してうたわれたと考えられる。

本書は、共に在る「ふたり」が常態であり、そこからの逸脱が「ひとり」であることを論じた（第一章第一節）。「見る」ことによって「在る」ことを確定させるため、〈見る―見られる〉関係の内で共に在ることが「在ること」となる。これが「ふたり」を常態とする根拠となることを明らかにした（第一章第二節）。

ここで、家持は「妹も我れも心は同じ」とうたい起こす。続けて「相見れば」、お互いに見交わすことができるならば、思い悩むこともないという。一首では、共在を原点とし、その原点が〈見る―見られる〉関係によって成立していることが明確にうたわれている。

次に、大君の仰せを謹んで承け、「山越え野行き」、都を離れた鄙の地を治めるために別れてきたその日からずっと「相見ねば」と続く。山を越え、山が共在の障壁となり、相手を見ることができない。「ふたり」という常態から、その逸脱である「ひとり」への移行がここに示される。互いに相手を「見る」ことができないため、在ることを確定できない。このことについては第二章で論じた。

家持は、夢で逢えるように着物の袖を折り返して寝る夜ごとに、「夢には見れど　うつつにし

直にあらねば　恋しけく」（三九七八）、すなわち、夢で姿を見ることができるけれど、現実に直接逢うわけではないので、思いは積もるばかりだとうたう。近くであるなら立ち帰りにでも出かけて行き、妻の手枕を交わして寝て来ようものなのに、都への道は遠く、関所によって隔たれているのでどうしようもない。家持はここに、山だけではなく関所も「ふたり」を隔てるものとして挙げる。そして、時鳥の鳴く月になったら、近江道に出で立ち、奈良の我が家で泣き続け私の帰りを待っている妻の顔を「逢ひて早見む」、一刻も早く見たいというのである。

「夢には見れどうつつにし直にあらねば恋しけく」（三九七八）、「相見れど直にあらねば恋やまずけり」（三九八〇）とある。「こひ」とは、「ひとり」「かなし」むことである（本章第一節）。それは「ふたり」共に在ることが常態であることを前提に立ち、常態からの逸脱を意味する事柄であった。家持はここで、夢で相手を「見る」ことができても、直接お互いに見交わすことができなければ、「こひ」はやまないとうたっている。逆に考えると、直接お互いに相手と見交わすことができたならば、「こひ」はやむということがここに明らかになる。なぜなら、相手と見交わし〈見る―見られる〉関係が成立した時点で、「ひとり」ではないからである。

家持の「恋緒を述ぶる歌」からわかることとは、「こひ」とは、直接相手と「相見る」ことができず、「ひとり」「かなし」むことであるということである。〈見る―見られる〉関係が成立したとき、すなわち、「ひとり」ではなく、「ふたり」という常態へ回帰できたとき、共に在ることの保証を回復し、「こひ」は解消するのである。

（1）原島正「明治のキリスト教―LOVEの訳語をめぐって―」（『日本思想史学』第二九号、一九九七年、所収）に、詳論がある。
（2）武智雅一「萬葉集に見える聯想的用字」（『文學』第一巻第八号、岩波書店、一九三三年、所収）。
（3）伊藤博『萬葉集相聞の世界』（塙書房、一九五九年）。
（4）朝比奈英夫「独居幄裏遙聞霍公鳥喧作歌の意義」（『伊藤博博士古稀記念論文集　萬葉学藻』塙書房、一九九六年、所収）。
（5）芳賀紀雄『萬葉集と中國文學の受容』（塙書房、二〇〇三年）。
（6）伊藤博『萬葉集の表現と方法　下』（塙書房、一九七六年、一三〇頁以下）。
（7）伊藤益『日本人の愛』（北樹出版、一九九六年）。

第八章　共悲と生死

―うたうことの意義―

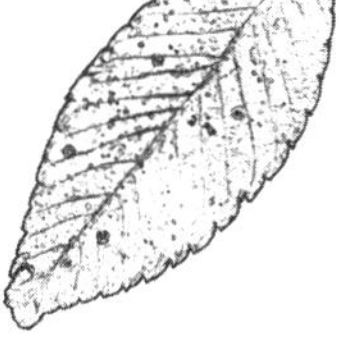

【写真】（著者撮影）
右上：天香久山から見た畝傍山と橿原市街
左：舒明天皇歌碑　右下：山辺の道

第一節　歌と共在

本書は『萬葉集』の歌を取り上げ、そこから見いだすことができる萬葉人のものの見方・考え方について論じてきた。歌はうたわれ、書き記されたものである。では、そもそもなぜ歌をうたうのだろうか。

『萬葉集』には次のような国見歌と呼ばれる歌がある。

天皇、香具山に登りて国見したまふ時の御製歌
大和には　群山あれど　とりよろふ　天の香具山　登り立ち　国見をすれば　国原《くにはら》は　けぶり立ち立つ　海原《うなはら》は　かまめ立ち立つ　うまし国ぞ　蜻蛉島　大和の国は
（巻一、二、舒明天皇）

これは舒明天皇の御製歌である。舒明天皇は香具山に登り、国全体を見渡した。すると、国原には煙が立ち上っており、海原には鳥たちが多数飛び立っているとうたわれている。しかしなが

ら、地理的に考えると、香具山から実際に海が見えるはずがなく、ましてや海の近辺にいる鳥など視界に入るとは考えがたい。ここで、舒明天皇はなぜそのようなことをうたっているのかが問題となる。

内田賢徳「『見る・見ゆ』と『思ふ・思ほゆ』―『萬葉集』におけるその相関―」[1]は、国原の煙や、海原の鳥の様子は、「豊かさを暗示し、象徴する記号なのである」とする。すなわち、国原の煙は炊飯のための煙などの象徴であり、それは人間の営みを意味し、鳥たちが餌を求め、海原に参集するということは、海が実り豊かであることを意味する。すると、舒明天皇は、香具山に登り、国の繁栄についてうたったということになる。

内田説を踏まえ、伊藤益『日本人の知』[2]は、「舒明天皇は、眼前にそれらの繁栄の記号をとらえ、かつ、その記号の基体として存する国家の繁栄ということそのものを、実景の深奥に観入しつつ不可視なるもの・秘匿されたものをあえて視野におさめる幻視の力によって見極めている」（六九頁）と論じる。また、実際には見えなかったであろう事柄をうたっていることについては、天皇が国家の繁栄を実景の奥に見いだしているからであるとし、伊藤説はこのことを「幻視」と呼ぶ。

これについては、第一章第二節で取り上げた「見る」ことと「知る」こととの関わりを踏まえることで理解することができる。

世間を常なきものと今ぞ知る奈良の都のうつろふ見れば

（巻六、一〇四五）

一首は「～見れば～知る」の形式が見られ、視覚的に把握することが、現時点における事態の把握に直接的に結びついている。同様の歌が『萬葉集』中には多数見られる。(3) さらに、

高円の野辺の秋萩な散りそね君が形見に見つつ偲はむ

（巻二、二三三、笠金村歌集）

越の海の手結が浦を旅にして見れば羨しみ大和偲ひつ

（巻三、三六七、笠金村）

という歌では、ある対象を、「見る」と同時に、「見る」ことを通じて、別の物事を「偲ふ」とうたわれていた。

第一章で論じたように、萬葉人は、眼前のものを視覚的にとらえることにより「在る」ということを確定する。また、「在る」ことを確定させ、それを手がかりに〈いま・ここ〉において視

覚的にとらえられないことを想起するのである。

これらの事柄を思い起こせば、舒明天皇が香具山に登り、眼前の実景を手がかりとして、視野に入るはずのないもの、視覚的にとらえることができないものを「見る」ことは何ら不可解なことではない。では、眼前の実景を「見る」ことで把握し、それを手がかりに、実景にはない物事をうたう意味はどこにあるのだろうか。

第五章にて明らかにしたように、そもそも「すめろき」とは、不可逆的時空である「地《つち》」に立つ「われわれ」のもとに「天《あめ》」から「天下り」、この「瑞穂の国」を治め、「かむ上る」、可逆的時空と関係するという意味での「かみ」である。また、「見る」とは、眼前にあるものを視覚的に把握すること、そして「知る」ことであった。「すめろき」が山に登り国を「見る」という行為は、「すめろき」が治めるべき国を把握する行為なのである。

舒明天皇は香具山に登った。そのとき、同行した者たちの視界には、国原の煙も海原の鳥も入っていなかったかもしれない。そこで「天」から「下り」「われわれ」の国を治める「すめろき」は、国の繁栄をうたい上げた。それは「地」に生きる「われわれ」には見ることができないことだったかもしれない。しかし、「天下り」した「かみ」である「すめろき」には見えたというのである。「すめろき」が国の繁栄を歌として言葉にすることで、この場の一行、そしてこの国に生きる者たちが望むべく国の繁栄が事柄として共有されるのである。すなわち、舒明天皇が歌をうたうことによって、「われわれ」が共に在ることが保証されたのである。

第二節　遺された者の共悲 ―― 共在への志向 ――

大伴旅人は、大宰帥に任命され、妻大伴郎女、長子大伴家持を伴い大宰府に赴任し、そこで妻を失った。このことは、第二章、第三章で触れた。

都にある荒れたる家にひとり寝ば旅にまさりて苦しかるべし

（巻三、四四〇、大伴旅人）

妻を失った旅人は、大宰府にて、都に戻ったときのことを想起した。一首では、「都にある荒れ果てた家にて『ひとり』寝ることになれば、旅において寝ることよりもずっと苦しくつらいことだろう」とうたわれる。

萬葉人は、旅に置かれたとき、家への帰還を切望した。家とは、「ふたり」共に在ることができる常態であり、家を離れ、旅に置かれると共に在ることができず「ひとり」とうたった（第二章第二節参照)。しかし、ここで旅人は、大宰府から都にある家に帰還したところで、それは旅より苦しいことだろうと予期している。家とは、「相見る」ことができ、それにより共に在ることが確証できるのであれば、帰るべき常態としての意味を持つ。妻を失った旅人にとって、都の「荒れたる家」は、その意味を失っている。

第二章で詳論したように、旅人は大宰府からの帰京の途、

妹と来し敏馬の先を帰るさにひとりし見れば涙ぐましも　(巻三、四四九)

行くさにはふたり我が見しこの崎をひとり過ぐれば心悲しも　一には「見もさかず来ぬ」といふ　(巻三、四五〇)

とうたう。敏馬の崎は、妻と共に「ふたり」を見ることで、共に在ることの媒介としての意味があった。その敏馬の崎を「ひとり」見るとき、敏馬の崎は、妻の非在を痛感させるものとなった。四四〇において旅人は、この敏馬の崎と同様に、妻と共に過ごした家を位置づけているのである。すなわち、共在の媒介としての意味の消失したものは、共在不可能であることを意識させ

るものとなるのである。
天平二年（七三〇年）、旅人は帰京し、次の三首をうたう。

故郷の家に還り入りて、即ち作る歌三首

人もなき空《むな》しき家は草枕旅にまさりて苦しかりけり　（巻三、四五一）

妹《いも》としてふたり作りし我が山斎《しま》は木高く茂くなりにけるかも　（巻三、四五二）

我妹子《わぎもこ》が植ゑし梅の木見るごとに心むせつつ涙し流る　（巻三、四五三）

旅人は大宰府にて、帰京後、家で「ひとり」寝ることになったならば、旅において「ひとり」寝ることより苦しくつらいことだろうと予期した。その予期は、帰京した今、現実となり、「旅にまさりて苦しかりけり」（四五一）とうたう。旅人はみずからの家を指して「空しき家」（四五一）と呼ぶ。(4) 共に過ごした家は、共在の媒介であったはずである。しかし、妻を失い、それは共に在ることができないことを意識させるものでしかない。したがって、旅人にとって、

〈いま・ここ〉にある家とは、帰るべき場所ではない。旅人は共在という原点に帰ることができない。それを望むこともできないのである。

さて、『萬葉集』巻五に、このことに関する山上憶良による「日本挽歌一首」がある。

日本挽歌一首

大君の　遠《とほ》の朝廷《みかど》と　しらぬひ　筑紫の国に　泣く子なす　慕ひ来《き》まして　息だにも　いまだ休めず　年月《としつき》も　いまだあらねば　心ゆも　思はぬ間に　うちなびき　臥《こ》やしぬれ　言はむすべ　為《せ》むすべ知らに　石木《いはき》をも　問ひ放《さ》け知らず　家ならば　かたちはあらむを　恨めしき　妹《いも》の命《みこと》の　我《あ》れをばも　いかにせよとか　にほ鳥の　ふたり並び居　語らひし　心背《こころそむ》きて　家離《いへざか》りいます

（巻五、七九四）

反歌

家に行きていかにか我《あ》がせむ枕付く妻屋さぶしく思ほゆべしも

（巻五、七九五）

はしきよしかくのみからに慕ひ来《こ》し妹が心のすべもすべなさ

（巻五、七九六）

悔しかもかく知らませばあをによし国内《くぬち》ことごと見せましものを　（巻五、七九七）

妹が見し楝《あふち》の花は散りぬべし我《わ》が泣く涙いまだ干《ひ》なくに　（巻五、七九八）

大野山霧立ち渡る我《わ》が嘆くおきその風に霧立ち渡る　（巻五、七九九）

神亀五年七月二十一日筑前國守山上憶良　上

井村哲夫「報凶問歌と日本挽歌」[5]は、左注にある「神亀五年七月二十一日」という日付に着目し、一首に「当日の日付を付けて献上したということは、やはり二一日という日が旅人とその亡妻にとってことさらな意味を持つ日であったことを推察せしめる事情である」と指摘し、その意味とは、旅人の亡妻、大伴郎女の百日の供養であったと推定する。これにしたがい、日本挽歌は、旅人の亡妻の供養に当たって、憶良から旅人へ呈上されたものであると見るのが穏やかであろう。

長歌七九四は、都を遠く離れた大君の政庁であるからと、筑紫の国に泣く子のようについてきて、と、うたい起こされるが、妻を伴って大宰府に来たのは、旅人である。また、［釋注］が、

「第一反歌の『妻屋さぶしく思ほゆべしも』が、旅人の『人もなき空しき家』（3四五一）と響き合ってもいる」と指摘するように、この憶良の手によるこの歌には、旅人のことがうたわれているのである。つまり、旅人の亡妻、大伴郎女の百日の供養に当たり、憶良は旅人になり代わってその思いをうたったと解することができる。

　この日本挽歌の長歌七九四に見られる「家ならば」の「家」とは、筑紫の家屋のことか奈良の家のことかという問題がある。大きく分けて、「かたち」を亡骸のことであるとし、「家ならばかたちあらむを」を、「家屋の中に妻の亡骸だけはあるだろうに」と解する説[6]と、「かたち」を姿・容姿と解釈し、「奈良の家にいたならしっかりした姿であったろうのに」と読む説[7]がある。この議論は、「家」を家屋であるとし、その具体的な場所（筑紫か奈良か）を追究する視点から行われる。枕詞「あをによし」が冠せられている「国内《くぬち》」（七九七）とはどこであるか、「棟《あふち》の花」（七九八）はどこにあるのかという問題に着目し、筑紫の家なのか、奈良の家なのかと、場所を特定する議論が展開される。

　帰京後の旅人は、自邸に帰宅し、「空《むな》しき家」（四五一）とうたった。これは、共に過ごし、共在の媒介であったはずの家が、妻を失った今、共に在ることができないことを意識させるものでしかなくなったことを意味した。

　七九四では、「にほ鳥」の比喩を用いて、「ふたり並び居」とうたわれる。「ふたり」とは、共に在ることであり、常態であった。これは、お互い「相見る」ことを根拠として確証される（第一章第二節）。以上のことを踏まえると、七九四の「家ならば」について、次のように考えることができる。

　そもそも、妻が生きているときは、お互いに相手の「かたち」（姿や様子）を「相見る」ことができた。〈見る―見られる〉関係の成立により、共に在ることが常態として確証できた。それができた場所が「家」であった。しかしながら、妻は「家離《いへざか》りいます」（亡くなってしまった）。「相見る」ことができず、共に在ることが確証されなくなったとき、すなわち、妻が「家」を「離」れ、帰らぬ人となったとき、「家」は「家」ではなく、「空しき家」（四五一）となり、妻屋[8]は「さぶし」（七九五）くなってしまうのである。

　したがって、「家ならばかたちはあらむを」は、共に在ることができた「家」であるならば、お互いその姿形を見交わすことで、「在る」ことを確証できるであろうのに、ということである。

　次に、反歌七九五には「家に行きて」とある。先に、帰京後の旅人にとって、〈いま・ここ〉にある家とは、帰るべき場所ではなかったことに触れた。一般に、共に在る場所として希求される「家」は、帰る場所であった。しかし、妻を失った者は、妻と共に在ることを望めない。したがって、「家」とは「空しき家」にすぎない。よって、「家に帰りて」ではなく、「家に行きて」とうたっているのである。

以上のように、憶良は、帰京後の旅人におとずれるであろう情況に思いを馳せて歌をうたった。憶良は、妻を失った旅人になり代わって、その思いをうたったのである。憶良は旅人の思いをみずからの思いとすることで、「われ」の思いが「われわれ」の思いであることを歌によって示した。すなわち、憶良は、歌をうたうことにより、帰るべき原点を失った旅人と、共に在ろうとしたのである。

憶良は、旅人の悲しみをみずからの悲しみとして引き受け、旅人になり代わって歌をうたうことで、その悲しみを共にした。妻と共に在ることができず、共在という原点を失った旅人の悲しみを共にすることにより、遺された旅人と共に在ることを志向した。共に悲しむこと、これを共悲というならば、憶良と旅人との共悲は、共在を「在ること」の原点として措定するからこそ成立するのである。

第三節　「他者」との共悲　――　共在を原点として　――

『萬葉集』には、行路死人をうたう歌が少なからず見られる。行路死人とは、旅の途中、行き倒れになり命を落とした死者のことを指す。三田誠司『萬葉集の羈旅と文芸』[9]は、『萬葉集』の題詞に「死人を見て」とある歌、また、「歌われた死人が別の土地から来訪した人であると考えられるもの」（一八三頁）である次の例が一般に行路死人歌と呼ばれるという。

「讃岐の狭岑の島にして石中の死人を見て、柿本朝臣人麻呂が作る歌」（二二〇～二二二）、「柿本人麻呂、香具山の屍を見て、悲慟しびて作らす歌一首」（四一五）、「柿本人麻呂、香具山の屍を見て、悲慟しびて作る歌一首」（四二六）、「足柄坂を過ぎるに、死人を見て作る歌一首」（一八〇〇）、（三三三五～三三三八）、「備後の国の神島の浜にして、調使首、屍を見て作る歌」（三三三九～三三四三）。

なお、他に二例、[10]題詞に「屍を見て」という歌があるが、三田説は、これらに「うたわれている対象は旅中の死人としてはうたわれていない」（一八七頁）ため、「行路死人歌とは呼びがたい」（同頁）と指摘する。

ここで注目したいのは、三田説の着想である。これにしたがえば、「死人」や「屍」を見てうたわれたことが題詞に明記され、かつ、別の土地から訪れ旅中に命を落とした者をうたう歌を、行路死人歌と呼ぶということになる。

第一章第二節で論じたように、「見る」こととは、視野におさまる諸事物の中から、特定の対象に着目することである。これによって、その対象は「見る」者の意識の中で「在る」ことが確定されるに至る。また、「旅」とは、共に在る場所である「家」から離れ、共に在ることができない状態に置かれることであった（第二章第二節参照）。すると、死者を「見る」ことによって歌がうたわれていること、また、その死者は「旅」に置かれ共に在ることができないまま命を落とした者であること、これらが行路死人歌と見なすことができる条件であるということになる。では、なぜ共に在ることができないまま絶命した者を「見」たとき、歌をうたうのだろうか。

この問題を考えるに当たり、三田説が「旅中の死を悼むものである点が行路死人歌に通じるが、死者の素性が明らかである点が、いわゆる行路死人歌とは異なる」（一八七頁）と指摘する次の歌に触れたい。

大伴君熊凝《おほとものきみくまごり》が歌二首大典麻田陽春《だいてんあさだのやす》作

国遠き道の長手《ながて》をおほほしく今日や過ぎなむ言《こと》どひもなく　（巻五、八八四）

朝露の消《け》やすき我《あ》が身他国《ひとくに》に過ぎかてぬかも親の目《め》を欲《ほ》り　（巻五、八八五）

八八四では、「故郷を離れ、旅の途中で心晴れないまま、今日命を落とさなければならないのか、言葉をかわすこともなく」と、八八五では、「朝露のように消えやすい我が身だが、他国では死ぬに死ねない、親に一日会いたくて」とうたわれる。題詞「大伴君熊凝が歌二首　大典麻田陽春作」によれば、これらは、麻田陽春が大伴君熊凝の歌としてうたったという。

前節で見た山上憶良の日本挽歌は、憶良が旅人に成り代わってうたったものであった。それは、妻と共に在ることができない旅人と、共に在ろうとすることであったと述べた。妻に遺され、共在という原点への回帰を望むことができなくなった旅人を前に、憶良は旅人と共に在ることを志向した。一方、ここでは、陽春が、亡くなった熊凝に成り代わって歌をうたう。すなわち、死者に成り代わって歌がうたわれているのである。遺された生者と共に在ることを志向するだけではなく、死者に対しても共に在ろうとして、歌をうたうのである。その理由は、歌の内容にある。

歌の中で熊凝の無念の理由として示されるのは、「言《こと》どひもなく」（八八四）故郷（家）を離れ旅に置かれ、そこで死ぬことになったからである。だから「親の目《め》を欲《ほ》り」（八八五）すなわち、親に一日会いたいという。このように、「親の目」「言問い」とあるように、人と人との関わりを絶たれたまま死ぬことが心残りなこととして挙げられる。「親の目」とあるのは、「見る」ことにより「在る」ことが確定され、親と熊凝が共に「相見る」ことで「在ること」が保証されることを前提に、相手を「見る」ことができず、共に在ることができないことからにほかならない。つまり、家を離れ旅に置かれ、親と共に在ることができないまま、亡くなった者に成り代わり歌をうたうことで、陽春は、亡くなった熊凝と共に在ろうとしたのである。

以上からわかることは、生者であれ死者であれ、共に在ることのできない者と向き合ったとき、その者の思いをみずからのものとして歌をうたうことで、共に在ろうとしたということである。悲しみを共にすること、すなわち、共悲とは、共在を「在ること」の原点とする思考が前提とすることにより、それが共通の基盤となってはじめて成立するのである。

これに続く山上憶良による「熊凝のためにその志を述ぶる歌に敬和《けいわ》する六首」の序によれば、大伴君熊凝は、肥後国益城郡の人であり、天平三年（七三一年）六月十七日に、相撲使《すまひのつかひ》の従者として奈良の都へ向かう途中、安芸国（広島県）佐伯の郡高庭の駅家《うまや》で命を落としたようである。憶良はこのような事情を述べる長大な漢文序を伴う歌を、この陽春の歌に続けてうたう。芳賀紀雄『萬葉集における中國文學の受容』[11]によれば、「敬和」とは、初唐以前に見られる「和」の詩の題にならったものであるが、憶良の序と歌に先立つ陽春の歌が二首のみであるのに対し、その序は長大であり歌は六首も連ねられることから、「『和』の歌が膨張した例は、『萬葉集』中他に類を見ない」（四七七頁）と指摘する。また、このような形になった理由は「何らかの事由が伏在しているに相違ない」（四七八頁）が、明らかではないという。その憶良の歌は次の通りである。

うちひさす　宮へ上ると　たらちしや　母が手《て》離れ　常知らぬ　国の奥処《おくか》を　百重山《ももへやま》　越え

て過ぎ行き　いつしかも　都を見むと　思ひつつ　語らひ居れど　おのが身し　労《いた》はしければ　玉桙《たまほこ》の　道の隈《くま》みに　草手折《たお》り　柴取り敷きて　床《とこ》じもの　うち臥《こ》い伏《ふ》して　思ひつつ　嘆き伏《ふ》せらく　国にあらば　父取り見まし　家にあらば　母取り見まし　世の中は　かくのみならし　犬じもの　道に伏してや　命《いのち》過ぎなむ　一には「我が世過ぎなむ」といふ。

（巻五、八八六）

たらちしの母が目見《めみ》ずておほほしくいづち向きてか我《あ》が別るらむ

（巻五、八八七）

常知らぬ道の長手をくれくれといかにか行かむ糧《かりて》はなしに　一には「干飯《かれい》はなしに」といふ

（巻五、八八八）

家にありて母が取り見ば慰むる心はあらまし死なば死ぬとも　一には「後は死ぬとも」といふ

（巻五、八八九）

出でて行きし日を数へつつ今日今日と我《あ》を待たすらむ父母らはも　一には「母が悲しさ」といふ
（巻五、八九〇、山上憶良）

一世《ひとよ》にはふたたび見えぬ父母を置きてや長く我が別れなむ　一には「相別れなむ」といふ
（巻五、八九一、山上憶良）

憶良は熊凝になり代わり歌をうたっている。ここでもやはり、「家にありて母が取り見ば」（八八九）とあり、家を離れ、母と共に在ることができず、「ひとり」亡くなった熊凝の無念がうたわれる。家であれば母と熊凝は「相見る」ことができ、共に在ることができた。その上で亡くなるのであれば「慰むる心」（八八九）もあるだろうに、共に在るという原点から逸脱したまま亡くなったからこそ無念なのである。また、だからこそ、憶良は熊凝に成り代わって歌をうたうことで、共に在ることができないままの者と共に在ろうとするのである。

憶良と陽春との関係、また彼らと熊凝との関係は不明であるが、そのような互いの事情をよく知る者たちの間でのやりとりであるからこそ、そのような序や歌が残されたことは確かであろう。その意味では、憶良や陽春にとって、亡くなった熊凝は、「他者」ではない。先の憶良の日本挽歌でも、憶良は旅人に成り代わって歌をうたっていたが、憶良と旅人とも互いをよく知る関係にある。では、事情をよく知る仲間だからこそ、歌をうたうことにより、共に在ろうとするのだろうか。

先に挙げた三田説によって行路死人歌と認められる次の歌がある。

讃岐の狭岑《さみね》の島にして石中《せきちゆう》の死人を見て、柿本朝臣人麻呂が作る歌一首并せて短歌

玉藻よし　讃岐の国は　国からか　見れど飽かぬ　かむからか　ここだ貴き　天地《あめつち》　日月《ひつき》と
ともに　足り行かむ　かみの御面《みおも》と　継ぎ来《きた》る　那珂《なか》の港ゆ　船浮けて　我《わ》が漕ぎ来れば
時つ風　雲居に吹くに　沖見れば　とゐ波立ち　辺《へ》見れば　白波騒く　鯨魚《いさな》取り　海を畏《かしこ》み
行く船の　梶引き折りて　をちこちの　島は多《おほ》けど　名ぐはし　狭岑《さみね》の島の　荒磯面《ありそも》に　廬《いほ》
りて見れば　波の音の　繁《しげ》き浜辺《はまへ》を　敷栲《しきたへ》の　枕になして　荒床《あらとこ》に　ころ臥す君が　家知ら
ば　行きても告げむ　妻知らば　来《き》も問はましを　玉桙《たまほこ》の　道だに知らず　おほほしく　待
ちか恋ふらむ　はしき妻らは　（巻二、二二〇）

反歌二首

妻もあらば摘みて食《た》げまし沙弥の山野の上のうはぎ過ぎにけらずや　（巻二、二二一）

沖つ波来寄《きよ》する荒磯を敷栲の枕とまきて寝《な》せる君かも
（巻二、二二二）

これは柿本人麻呂の手によるいわゆる石中死人歌である。題詞の通り、讃岐の狭岑の島で人麻呂が海岸の岩場に横たわる死人を見てうたったものである。人麻呂と眼前の死者とは旧知の仲ではない。見知らぬ者の屍、「他者」の死を「見る」ことにより「知る」ことになり、人麻呂は歌をうたう。

長歌二二〇は、「讃岐の国は国柄が立派であるからか、いくら見ても見飽きない。那珂の港から船を漕いで渡ってくると、突風が雲居はるかに吹きはじめたので沖の方を見てみたところ、白波がざわめいている。この海の怖ろしさに船の楫を折れるばかりに漕いで、たくさんある島の中の狭岑の島に漕ぎついた。その海岸の岩場の上に仮の小屋をつくり、目を見やると、波の音が轟いている浜辺を枕にして人気のない岩床に臥している人がいる。この方の家がわかれば行って報せもできよう、妻がこのことを分かれば来て尋ねもできようが、妻はここに来る道すらわからず、待ち焦がれているだろう、いとしい妻は」という歌である。

次に、二二一では、「せめて妻でもここにいたら、摘んで食べることもできたろうに。狭岑の山の野辺の『うはぎ』は、もう盛りが過ぎてしまっているではないか」とうたわれ、続けて二二二に「沖つ波がしきりに寄せ来る海岸の岩場なのに、あなたはこんな磯を枕にして寝ておられる」とある。

ここまで論じてきたように、生者であるか死者であるかを問わず、共に在ることができない者に対して、その者と共に在ろうとするために、歌はうたわれた。ここまで見た歌では、その共に在ることができない者とは、歌う者と何らかの関係があった。しかし、この歌において、人麻呂にとって目の前の屍となった者とはそれまで関係のない「他者」である。その者を「見る」ことで、人麻呂は、歌をうたった。

「見る」こととは、視野に収まる眼前のさまざまなものの中から何らかの対象を意識的にとらえることであり、それにより「在る」ことが確証されたことは先に明らかにした。それにより、〈いま・ここ〉にはない何かに気づくこと（～見れば～けり）、何かを想起すること（～見れば～偲ふ）、というように、眼前のものと連関するものが無意識に思い起こされたと表明する歌があった。すなわち、「見る」ことには、みずからのものにするという意味があった。

岩場に横たわる死者を「見る」ことで、人麻呂はみずからのものにしていく。長歌二二一では、まったく見知らぬ「他者」が置かれたであろう事情を想起して人麻呂は歌にしている。瀬戸内海は現在でも海の難所として知られる。人麻呂は海を渡る際に経験した困難をまずうたい、それと死者が経験したであろうこととを重ねる。続けて今、「敷栲《しきたへ》の　枕になして　荒床《あらとこ》に　ころ臥す君」（二二〇）を「見る」のである。人麻呂はこの死者を家を離れ旅の途中で命を落とした者であると考える。「見る」ことを通じ、そのように意味づける。家を離れ旅の途中であれば、その者は、共に在ることができない者である。だからこそ「家知らば行きても告げむ」（二二〇）、この者の家を知っていたらそこへ行き妻にこのことを報せてやりたいというのである。なぜなら、妻と共に在ることが「在ること」の原点だからである。先に見た憶良が熊凝に成り代わってうたった歌に「家にありて母が取り見ば慰むる心はあらまし」（八八九）とあった。母と熊凝が共に在る状態で命を落とすならば、旅において母と共に在ることができず亡くなるよりは無念ではないということであった。それと同様に、共に在ることが原点だからこそ、人麻呂は目の前の死者の妻にこのことを報せ、妻と死者とを共に在るその原点に帰してやりたいと考えるのである。しかしそれはできない、そのとき、人麻呂は眼前の死者の妻が家でひとり待っているであろうとうたう。共に在ることができない死者とその妻の両者のことに思いを馳せるのである。

人麻呂は、共に在ることができない死者とその妻とを、共に在るようにしたい、妻に報せてここに妻が来て死者と共に在るようにしたいと考えた。反歌二首は、この長歌に続く。二二一は、「妻」と共に「うはぎ」を摘むことを望むも、その盛りが過ぎてしまったと、夫の視点からうたわれる。これは人麻呂が目の前の死者に成り代わってうたっている。とすると、すでに死んでいる目の前の者が、もし生きていたらこのようなことをうたうのではないかと仮定してうたわれているようにも受け取れる。一方、二二二には、海岸の岩場に、「君」はこんな磯を枕にして寝ているとある。この第二反歌は、人麻呂が「君」を「見る」視点であるとも言えるが、同時に、妻の視点であるとも考えられる。人麻呂は妻に成り代わって、ここを訪れ夫の屍を見たときに思いを馳せ歌をうたっているのである。つまり、二二二で夫（死者）に成り代わり、二二二で妻に成り代わり、人麻呂は歌をうたうことにより、歌の中で、この夫婦を「ふたり」共に在るようにしたと考えられよう。「妻」と「君」とが、反歌二首によって対にされていることは明らかである。人麻呂は、死者とその妻とを、反歌二首により、共に在ることを歌の中で実現させたのである。

まったく見知らぬ者、すなわち「他者」の死を「見る」ことにより、人麻呂はみずからのこととした。その困難な旅の事情は共有できる。さらに、共に在ることが「在ること」の原点であるという共通の基盤がある。だからこそ、共に在ることができない悲しみを共有することができたのである。それは単に思いを寄せたことにとどまらない。歌をうたうという行為を通じて、言葉にすることを通じて、共に在ろうとしたのである。そして、共に在ることができない者たちを、共に在ることができるようにした。このことは、共に在ることが原点であるからこそ可能であったのである。

（1）内田賢徳「『見る・見ゆ』と『思ふ・思ほゆ』――『萬葉集』におけるその相関――」（『萬葉』第一一五号、一九九三年、所収）。
（2）伊藤益『日本人の知』（北樹出版、一九九五年）。
（3）ただし、「しる」の語を、知識的な把握を意味として用いる例外もある。詳細は、本書第三章参照。
（4）芳賀紀雄「終焉の志―旅人の望郷歌」（『萬葉集における中國文學の受容』塙書房、二〇〇三年）は、文学研究の立場から関連する諸文献を精緻に検討した結果、「空」の文字表現について、それは仏教的意味を意識して用いていると見るのではなく、「より具象的な、妻など何者かの不在を表わす語と思議しうる」（三〇三頁）との見解を示している。
（5）井村哲夫「報凶問歌と日本挽歌」（伊藤博・稲岡耕二編『万葉集を学ぶ』第四集、有斐閣、一九七八年、所収）。
（6）［古義］、［窪田評釈］、［注釈］など。
（7）［釋注］など。伊藤博『萬葉集の表現と方法』（下、第八章、第二節。塙書房、一九七六年）は、「かたち」は命あるものの容姿を示す語であり、単なるモノに対しては「かた」の語が用いられていることから、「かたち」は屍体ではあり得ないと指摘し、⑦の「家ならば」の「家」は、筑紫（大宰府）の「旅」に対する奈良の「家」であることを論じている。
（8）［釋注］によれば、妻屋とは、端屋（つまや）を原義とする語であり、夫婦が寝るための離れ屋である。
（9）三田誠司『萬葉集の羈旅と文芸』（塙書房、二〇一二年、「補論二　『行路死人歌』について」）。
（10）『萬葉集』巻二、二二八～二二九、巻三、四三四～四三七。
（11）芳賀紀雄『萬葉集における中國文學の受容』（塙書房、二〇〇三年、四七五頁以下、「憶良の熊凝哀悼歌」）。

結章

【写真】（著者撮影）
富士川ＳＡより富士山をのぞむ

共に在ること、それが「在ること」であった。本書は、「吾等」という表記を手がかりに、「われわれ」の共在について論じた（第四章第一節）。このような在り方は、何を根拠として成立し得るのかという問題については、大伴家持の詔書を賀く歌を検討することで明らかにした（第四章第二節）。これまで「すめろき」を継続的に支えてきた「われわれ」大伴氏が、これからも同様に続くことによって、共に在ることができることをうたった。そこに示されたことは、歴史的継続性を根拠とした「われわれ」の共在であった。

このことを根拠として、共在こそ規範であり当為であるというのは拙速である。本書が扱った中に、このことをすでに提起した者がいた。ほかでもない大伴家持である。「われわれ」大伴氏の〈在るべき姿〉とは、「われわれ」が共に在ることであった。家持は、過去そうであったように、今もこれからも共に在る〈在るべき〉姿を永続すべきであるとうたった。詔書を賀く歌で家持が示したことは、家持にとって「われわれ」の理想の姿であった。共に在ることを原点とする思考を、歴史的継続性により基礎づけ、これを当為とする理念を歌によって提示したのである。

「知る」という語を理的に解するという意味で用いた家持は（第三章）、歴史的継続性に保証されてはじめて共在が可能であることを、理想として、今まさになすべきこと（当為）として、示したのである。しかしながら、現実を直視し、そのような理想が実現できないと自覚するに至り、「ひとりし思へば」、すなわち、永続性の否定と、共在の否定を認めることにより「在ること」ができないこと〈原点の喪失〉を自覚せざるを得なかった（第六章）。家持の提示した〈在るべき姿〉としての当為は、現実の前に実現することは不可能であった。当為を理知的に掲げ、それを現実に適応しようとした結果、現実の前にその理想は屈せざるを得なかったのである。

なぜそうなったのか。それは、そもそも人間は、不断に変化するものであるからである。家持自身も、この世が常ならざることを歌にしていた（第三章）。その現実に対して、理想によって抵抗することはできなかった。すると、理想は現実に対して無力なのか、当為は現実に対し何の有効性もないのかという疑問が生ずる。しかし、そうではない。問題は、人間が不断に動いているものであるのにもかかわらず、当為を規範化し、理想としてのみ掲げることにある。動的展開をするものを対象として、静的な規範を当為として適応させ、それにより動的展開をするものを制御しようとすることが問題なのである。そもそも、「なすべきこと」は、当事者にとって「せざるを得ないこと」や「したいこと」でなくては、実践されない。当事者を見ることなく語られる当為は、理想にとどまるのである。

では、「せざるを得ないこと」「したいこと」とは何であろう。萬葉人にとって、「在ること」とは、共に在ることであった（第一章第一節）。共在を原点とする根拠は、「在ること」が、「見る」ことにより確定されることにあった（第一章第二節）。すなわち、〈見る―見られる〉関係において「相見る」ことによってのみ、「在ること」が保証されるからこそ、共に在ることでしか

「在る」とは言えない。共に在ることができなくなったとき、共在という原点に回帰することを希求した。山川海によって「ふたり」が隔絶されたとき、「ひとり」となる（第二章）。この共在という原点への回帰を希求することは、「せざるを得ないこと」であり「したいこと」にほかならない。「相見る」ことではじめて「在ること」ができるのであるから、「ひとり」とは在ることが確証されないことである。「在ること」、すなわち共に在り、「相見る」ことを「したい」と、希求「せざるを得ないこと」である。では、このような「したいこと」や「せざるを得ないこと」と、「なすべきこと」とは、どのように連関するのだろうか。

舒明天皇は、香具山に登り、そこで国の繁栄を歌にした（第八章第一節）。実際は目には見えなかったであろう国の繁栄の象徴である事柄を歌にすることにより、その歌を見聞する「われわれ」が共に在ることを保証した。国の繁栄が言葉にされることにより、事柄として「われわれ」によって共有された。これはまず、舒明天皇にとって国の繁栄は実現したいことである。それを国の者たちも望んでいる。国を治めるべく「天下り」した「すめろき」がこのことをうたうことに意味がある。よって、舒明天皇にとって、これはうたわざるを得ないことであり、うたうべきことであった。

妻を失った大伴旅人を前に、山上憶良は旅人に成り代わって歌をうたった（第八章第二節）。妻と共に在ることができず、共に在ることを希求することすらできなくなった旅人を前にして、憶良は歌をうたうことで旅人と共に在ろうとした。その行為は、「したいこと」であり、「せざるを得ないこと」であり、さらに「すべきこと」である。憶良は旅人と共に在りたい。思いを共有するためには、歌をうたわざるを得ない。思いが一つであることを示すには、旅人に成り代わって歌をうたうべきであった。そして、歌をうたった。

以上のように、「したいこと」であり、かつ、「せざるを得ない」ことであるという当事者の実存的欲求があってはじめて、「なすべきこと」は実行されるのである。

さて、今挙げた例は、舒明天皇と国の繁栄を望む者たちという関係があった。旅人と憶良とは、大宰府での生活をともにする旧知の仲であった。すると、そのような実存的欲求は、何らかの関係のある者たちの間でしか生じないのだろうか。

柿本人麻呂は、讃岐の狭岑の島で海岸の岩場に横たわる死人を見て歌をうたった（第八章第三節）。人麻呂は行き倒れの見知らぬ「他者」の情況を想起し、あわせてその妻のことをも歌にする。共に在ることができず、共に在ることを望むこともできない者を前に、その者が「他者」であるにもかかわらず、歌をうたった。人麻呂は、妻と共に在ることができない者を前に、みずからと共に在ろうとした。さらに、目の前の死者と、その死者が共に在りたかっただろう妻とを、歌によって、共に在ることを実現しようと試みた。

ここからも明らかなように、共在を原点とするという共通の基盤があるからこそ、実存的欲求をめぐって、眼前の者との関係の内容は問題とならない。萬葉人にとって「在ること」とは、「個人」単独で成立することではなく、共に在ることであった。実存的欲求というときの実存、すなわち「現実存在」とは、「個人」ではなく、共在なのである。よって、実存的欲求とは、共在を「在ること」の原点とする者たちの欲求なのである。したがって、眼前の者が、見知らぬ「他者」であったとしても、その者が共に在ることができないと認められるとき、共在を原点とし、その原点へ回帰することを欲する者であると位置づけ、歌をうたうことができるのである。

人麻呂は、見知らぬ「他者」の屍を前に、その者が共に在ることができないままの姿であることを認める。そこでまず、歌をうたうことにより、その者と共に在ろうとする。人麻呂も、「他者」である行路死人も、共在への欲求を持つものであるという前提がそこにはある。よって、共に在りたいから歌をうたう。また、共在が原点だからこそ、そこから逸脱した者を前に、歌わざるを得ない。こうして、この情況に置かれた人麻呂は歌をうたうべきであるということになり、長歌二二〇をうたう。さらに、人麻呂は、反歌二二一、二二二を「他者」とその妻の歌とであるかのように一対にする。人麻呂は、歌の中だけでも「ふたり」共に在ってほしいと願い、それを歌にした。〈いま・ここ〉において共在できず、これからも共在することが不可能になった者たちに思いをめぐらせ、その者たちの共在への欲求を歌の中で実現させた。眼前の対象である死者を「見る」ことにより、ここにはいない死者の妻のことをも想起せざるを得ない人麻呂は、歌をうたうべきであると思うに至った。

「在ること」を理想として具体的にうたい上げた大伴家持は、「在ること」、すなわち、「われわれ」大伴氏が共に在ることができないことを自覚し、〈いま・ここ〉において実現不可能であることを受け入れ「ひとりし思へば」（四二九二）とうたった（第六章）。〈いま・ここ〉において「在ること」はできないが、しかしながら、いつか、どこかで、共に在りたい。家持は「病に臥して無常を悲しび、道を修めむと欲ひて作る歌二首」（四四六八～四四六九）、「寿を願ひて作る歌一首」（四四七〇）をうたわざるを得ない。家持は、〈いま・ここ〉において共に在ることを希求したのではない。いつか、どこかで、「われわれ」大伴氏が共に在ること、すなわち、家持の理想としての「在ること」が実現することを仮想してうたわざるを得なかった。それが実現されるとき、みずからは死んでいるかもしれない。だからこそ、歌の中で「千年の命」を願った。みずからの身が滅んだとしても、歌は残る。〈いま・ここ〉において「在ること」ができないことを自覚した家持にとって、歌をまだ見ぬ者たちと共有し、その思いを共にすることでしか、共に在ることは望み得ない。そのためには、歌をうたうべきであり、そして、歌を残した。

以上のように、当為とは、当事者の「在ること」の問題に関わってはじめて実現されるのである。当事者の「なさざるを得ない」ことや「したいこと」という実存的欲求によって「なすべきこと」は規定されるのである。よって、規範の内容のみ考慮したところで、それを実行する当事者にとって「在ること」とは何かを考えなくては、実行する主体を無視した空論に転ずるのである。

萬葉人にとって、共に在ることが「在ること」であった。「なすべきこと」はすべてそれと関わってはじめて実行された。本書が明らかにした萬葉人のものの見方・考え方から「愛」を定義するのであれば、共在を原点とし、その原点を共有する者たちの実存的欲求に基づいた当為であると言える。その原点を共有する限り「他者」であるか、親密であるかということは問題とならない。共在という原点の共有が前提であるならば、普遍性を欠くと言われるかもしれない。そもそも普遍的な当為をめぐる議論にも、理性や感情を有する「個人」を「在ること」の原点とするという前提がある。当為が「在ること」に先立つのではなく、「在ること」が当為に先立つのである。共在とは、「個人」を「在ること」の原点とした思考における「個人」の努力目標ではない。共在は、あくまでも「在ること」の原点なのである。その原点に立ってはじめて、さまざまな当為が生ずるのである。

さて、序章冒頭に、「人はなぜ歌をうたうのか」という疑問を提示した。共在を原点とする者たちは、歌をうたうことで共に在ろうとした。彼らは、共在できないとき、共に在ることを希求して歌をうたった。共に在ることができない者を前に、歌をうたうことで共に在ろうとした。共に在ることが〈いま・ここ〉において実現不可能であると自覚した者は、まだ見ぬ者たちを想起し、そこにその実現を夢見た。そのことを歌にすることにより、少なくともその言葉は時空を超えて共有される。すなわち、歌をうたうこととは、まさに共在を「在ること」の原点とする者たちの実存的欲求に基づいた当為にほかならなかった。先の定義にしたがうならば、歌をうたうことは愛することとであったのである。

ここで次のような反論が想定できる。『萬葉集』には、一般に、「叙事」「詠物」と指摘されるような事や物をうたう歌も数多く見られる。そのようなみずからの情感や意志ではない事柄をうたう営みも、愛、すなわち、共在を原点とし、その原点を共有する者たちの実存的欲求に基づいた当為と言えるのか、という批判がそれである。

萬葉人にとって、「見る」ことが「知る」ことであった（第二章）。事物は、人と関わりなく客観的に独立して自存するものではなく、それをとらえるものが主体的に意味づけることによって歌にしていた。つまり、眼前の対象がみずからにとってどのような意味があるのかという形で、事物は意味づけられるものであった。よって、歌の内容に、人の感情を示す言葉が含まれていないことや、事情についての記載がないことを理由に、その歌が「在ること」と関わりがないということは言えない。背景などの詳細が不明な歌については、当時、それが人と人との関わりの中でどのような意味を有していたのかということが明らかにならない。しかし、さまざまな事物の中から歌い手が主体的にその事物を取り上げた歌が残っているからこそ、その歌は、少なくとも、〈いま・ここ〉に生きる私たちと共有されている。歌を媒介として、その事物をとらえた者と、私たちは、共に在る可能性が残されている。

大伴家持の詔書を賀く歌の長歌四〇九四には、大伴氏の「大君に　まつろふものと　言ひ継げる」と、喩族歌の長歌四四六五には、「子孫《うみのこ》の　いや継ぎ継ぎに　見る人の　語り継ぎてて　聞く人の　鏡にせむを」とある（第四章・第六章）。「在ること」とはいかなることなのかを理想としてうたったこれらの歌には、「言ひ継」ぐ、「語り継」ぐという言葉を使い、「われわれ」の共在が歴史的に継続していることが示される。言葉により、言い継ぎ語り継がれることで、「在ること」が保証されるのである。歌の内容がどのようであれ、その言葉は、時間・空間を超えて言い継ぎ語り継がれる可能性を有している。共在を「在ること」の原点とするならば、言い継ぎ語り継ぐことで、歌を媒介に思いを共にすること、眼前の事物を共有することは、時空を超えた共在への架け橋となる。よって、共在を「在ること」の原点としてはじめて、歌をうたうことが愛することになるのである。

主要参考文献

・本文中に引用した文献は各章末尾の註に示した。以下に挙げるもの以外にも関連する文献は数多くあるが、本書の内容とのかかわりが深いものに限定する。なお、『萬葉集』の諸注釈等は凡例に示したので省略する。

基本資料（『萬葉集』については凡例参照）

・『日本書紀』関連
国史大系『日本書紀』（新訂増補版、前・後、吉川弘文館、一九五一～一九五二年）
日本古典文学大系『日本書紀』（上・下、岩波書店、一九六五～一九六七年）
・『続日本紀』関連
国史大系『續日本紀』（新訂増補版、前・後、吉川弘文館、一九五二年）
新日本古典文学大系『続日本紀』（全五巻、岩波書店、一九九二年）
・『律令』関連
日本思想大系『律令』（岩波書店、一九七六年）
・和辻哲郎関連
『倫理学』（『和辻哲郎全集』第十～十一巻、岩波書店、一九六二年）

研究書・研究論文（著者名の五十音順、同一著者のものは年代順）

青木生子『日本抒情詩論』（弘文堂、一九五七年）
青木生子『日本古代文芸における恋愛』（清水弘文堂書房、一九六九年）
青木生子『萬葉挽歌論』（塙書房、一九八四年）
朝比奈英夫「独居幄裏遙聞喧霍公鳥喧作歌の意義」（『伊藤博博士古稀記念論文集　萬葉学藻』塙書房、一九九六年、所収）
阿蘇瑞枝『柿本人麻呂論考』（増補改訂版、おうふう、一九七二年）
井手至『遊文録　萬葉篇二』（和泉書院、一九九三年）
伊藤勝彦『愛の思想史』（講談社学術文庫、二〇〇五年）
伊藤益『ことばと時間―古代日本人の思想―』（大和書房、一九九〇年）
伊藤益「主体化される自然―万葉人の自然観―」（小島憲之監修、伊藤博・稲岡耕二編『萬葉集研究第二十集』塙書房、一九九四年、所収）
伊藤益『日本人の知―日本的知の特性―』（北樹出版、一九九五年）
伊藤益『日本人の愛―悲憐の思想―』（北樹出版、一九九六年）
伊藤益『日本人の死―日本的死生観への視角―』（北樹出版、一九九九年）
伊藤益『旅の思想―日本思想における「存在」の問題―』（北樹出版、二〇〇一年）
伊藤益「『在ること』のゆらぎ―萬葉における『旅』の問題―」（伊藤博・稲岡耕二編『萬葉集研究第二十四集』塙書房、二〇〇四年、所収）
伊藤益『危機の神話か神話の危機か―古代文芸の思想』（筑波大学出版会、二〇〇七年）

伊藤整「近代日本における『愛』の虚偽」（『伊藤整全集　一八』新潮社、一九七三年、所収。初出は『思想』一九五八年七月）
伊藤博『萬葉集相聞の世界』（塙書房、一九五九年）
伊藤博『万葉集の歌人と作品』（上・下、塙書房、一九七五年）
伊藤博『万葉集の表現と方法』（上・下、塙書房、一九七六年）
伊藤博『萬葉のいのち』（はなわ新書、一九八三年）
伊藤博「三思―柿本人麻呂の手法―」（小島憲之監修、伊藤博・稲岡耕二編『萬葉集研究　第十八集』塙書房、一九九一年、所収）
稲岡耕二『万葉表記論』（塙書房、一九七六年）
稲岡耕二『万葉集の作品と方法―口誦から記載へ―』（岩波書店、一九八五年）
稲岡耕二「『吾』と『吾等』―共感の世界―」（『國語と國文学』平成二年九月号、一九九〇年、所収）
稲岡耕二『人麻呂の表現世界―古体歌から新体歌へ―』（岩波書店、一九九一年）
稲岡耕二「総訓字表記への志向とその展開（上）」（小島憲之監修、伊藤博・稲岡耕二編『萬葉集研究　第二十一集』塙書房、一九九七年、所収）
稲岡耕二「総訓字表記への志向とその展開（下）」（小島憲之監修、伊藤博・稲岡耕二編『萬葉集研究　第二十二集』塙書房、一九九八年、所収）
稲岡耕二「人麻呂歌集と人麻呂」（神野志隆光・坂本信幸編『セミナー万葉の歌人と作品　第二巻』和泉書房、一九九九年、所収）
井上光貞『日本古代の王権と祭祀』（東京大学出版会、一九八四年）

今井淳「愛と日本人」（古川哲史・石田一良編『日本思想史講座　別巻一　日本人論』雄山閣、一九七七年、所収）
井村哲夫「報凶問歌と日本挽歌」（伊藤博・稲岡耕二編『万葉集を学ぶ』第四集、有斐閣、一九七八年、所収）
上野誠『万葉びとの生活空間―歌・庭園・くらし』（はなわ新書、二〇〇〇年）
内田賢徳「『見る・見ゆ』と『思ふ・思ほゆ』―『萬葉集』におけるその相関―」（『萬葉』第百十五號、一九八三年、所収）
内田賢徳「見えないものの歌―萬葉歌の空間性―」（『伊藤博博士古稀記念論文集　萬葉學藻』塙書房、一九九六年、所収）
内田賢徳「旅人の思想と憶良の思想」（神野志隆光・坂本信幸編『セミナー万葉の歌人と作品　第四巻』和泉書房、二〇〇二年、所収）
内田賢徳『上代日本語表現と訓詁』（塙書房、二〇〇五年）
小野寛『大伴家持研究』（笠間書院、一九八〇年）
尾崎暢殃『大伴家持論攷』（笠間書院、一九七五年）
唐木順三『無常』（『唐木順三全集』第七巻、筑摩書房、一九六七年、所収。初出は単行本、一九六五年）
川口常孝『萬葉歌人の美学と構造』（桜楓社、一九七三年）
川口常孝『大伴家持』（桜楓社、一九七六年）
川端善明「万葉仮名の成立と展相」（上田正昭編『日本古代文化の探求・文字』社会思想社、一九七五年、所収）

北山正迪『万葉試論―歌の流れと「存在」の問題』（和泉書院、一九九八年）
熊野純彦『和辻哲郎―文人哲学者の軌跡』（岩波新書、二〇〇九年）
神野志隆光「神話研究の方法をめぐって」（『比較文学研究』一九九一年、所収）
神野志隆光『柿本人麻呂研究』（塙書房、一九九二年）
神野志隆光「神話の思想史・覚書―『天皇神話』から『日本神話』へ―」（小島憲之監修、伊藤博・稲岡耕二編『萬葉集研究　第二十二集』塙書房、一九九八年、所収）
神野志隆光『古事記と日本書紀』（講談社現代新書、一九九九年）
子安宣邦『和辻倫理学を読む―もう一つの「近代の超克」』（青土社、二〇一〇年）
西郷信綱『古事記研究』（未来社、一九七三年）
西郷信綱『古代人と夢』（平凡社、一九九三年）
佐伯順子『「色」と「愛」の比較文化史』（岩波書店、一九九八年）
佐竹昭広『萬葉集再読』（平凡社、二〇〇三年）
品田悦一「万葉和歌における呼称の表現性」（小島憲之監修、伊藤博・稲岡耕二編『萬葉集研究　第十六集』塙書房、一九八八年、所収）
品田悦一『万葉集の発明―国民国家と文化装置としての古典―』（新曜社、二〇〇一年）
清水勝彦『柿本人麻呂―作品研究―』（風間書房、一九六五年）
清水正之『国学の他者像―誠実《まこと》と虚偽《いつわり》―』（ぺりかん社、二〇〇五年）
白井伊津子『古代和歌における修辞―枕詞・序詞攷』（塙書房、二〇〇五年）
平舘英子「天武天皇挽歌」（伊藤博・稲岡耕二編『万葉集を学ぶ〈第二集〉』有斐閣、一九七七年、所収）

平舘英子『萬葉歌の主題と意匠』（塙書房、一九九八年）
竹内整一『「おのずから」と「みずから」―日本思想の基層』（春秋社、二〇〇四年）
武智雅一「萬葉集に見える聯想的用字」（『文學』第一巻第八號、岩波書店、一九三三年、所収）
田中久文『日本の「哲学」を読み解く―「無」の時代を生きぬくために』（ちくま新書、二〇〇〇年）
田中元『古代日本人の世界―仏教受容の前提―』（吉川弘文館、一九七二年）
田中元『古代日本人の時間意識』（吉川弘文館、一九七五年）
土橋寛『万葉集の文学と歴史　土橋寛論文集　上』（塙書房、一九八八年）
鉄野昌弘『大伴家持「歌日誌」論考』（塙書房、二〇〇七年）
遠山一郎『天皇神話の形成と万葉集』（塙書房、一九九八年）
遠山一郎「草壁皇子挽歌」（神野志隆光・坂本信幸編『セミナー万葉の歌人と作品　第三巻』和泉書房、一九九九年、所収）
直木孝次郎『日本神話と古代国家』（講談社学術文庫、一九九〇年）
中川幸廣「天平十六年四月五日独居の歌」（伊藤博・稲岡耕二編『万葉集を学ぶ〈第八集〉』有斐閣、一九七九年、所収）
中川幸廣「万葉集における〝われ〟の諸相」（青木生子博士頌寿記念会編『青木生子博士頌寿記念論集上代文学の諸相』塙書房、一九九五年、所収）
永藤靖『古代日本文学と時間意識』（未来社、一九七九年）
中村生雄『日本の神と王権』（法藏館、一九九四年）
西一夫「大伴家持と越前遷任後の池主―天平勝宝元年の贈答をめぐって―」（『萬葉』第百六十号、

一九九七年、所収）
錦織浩文『高橋虫麻呂研究』（おうふう、二〇一一年）
西宮一民『上代の和歌と言語』（和泉書房、一九九一年）
芳賀紀雄『萬葉集における中國文學の受容』（塙書房、二〇〇三年）
長谷川三千子『日本語の哲学へ』（ちくま新書、二〇一〇年）
原島正「明治のキリスト教―ＬＯＶＥの訳語をめぐって―」（『日本思想史学』第二九号、一九九七年、所収）
平野仁啓『古代日本人の精神構造』（未来社、一九六六年）
平野仁啓『続古代日本人の精神構造』（未来社、一九七六年）
身﨑壽『人麻呂の方法―時間・空間・「語り手」』（北海道大学図書刊行会、二〇〇五年）
三田誠司『萬葉集の羈旅と文芸』（塙書房、二〇一二年）
村瀬憲夫『万葉びとのまなざし―万葉歌に景観をよむ―』（はなわ新書、二〇〇二年）
村田正博『萬葉の歌人とその表現』（清文堂出版、二〇〇三年）
毛利正守「柿本人麻呂の『神代』と『神の御代』と」（『伊藤博博士古稀記念論文集 萬葉學藻』塙書房、一九九六年、所収）
山﨑健司『大伴家持の歌群と編纂』（塙書房、二〇一〇年）
柳父章『翻訳とはなにか―日本語と翻訳文化』（法政大学出版局、一九七六年）
柳父章『翻訳語成立事情』（岩波新書、一九八二年）
柳父章『翻訳の思想』（ちくま学芸文庫、一九九五年）

柳父章『「ゴッド」は神か上帝か』（講談社学術文庫、二〇〇一年）
吉井健「巻十八・十九の霍公鳥詠」（神野志隆光・坂本信幸編『セミナー万葉の歌人と作品　第八巻』和泉書房、二〇〇二年、所収）
吉澤義則「萬葉集に於ける文字の文學的用字に就て」（『國語・國文』第三巻第一號、星野書店、一九三三年、所収）

あとがき

「人間」とは何か、「在ること」とは何か、「愛」をどのように考えるのか。本書は、萬葉人のものの見方・考え方を明らかにすることを通じてこれらの問いと向き合った。その意味は大きく分けて二つある。一つは研究としての意味である。既存の学問分野の枠組みや、「存在」「愛」といった概念を前提として古典を読むのではなく、人間の言葉として扱い、そこからものの見方・考え方を明らかにすること、また、やまとことばによって示された思念を一つの考え方として論理的に示すことである。これらは序論で詳述した通りである。もう一つは、著者自身にとっての意味がある。ここではこのことを記しておきたい。

本書は、二〇〇七年三月に筑波大学へ提出した学位論文『存在と愛―萬葉人の思惟と行為の研究―』（筑波大学、博甲四一八八号）をもとに、多くの補筆・改稿等を加えて成った。その十一年前のこと、一九九六年春、著者は、武蔵大学へ入学した。そこでは、八木清治先生や非常勤で来られていた原島正先生、平山洋先生らのご指導を仰いだ。思想研究に関心を抱きはじめた頃、原島先生の日本思想史の授業の中で、「愛《ラヴ》」の翻訳のお話を拝聴することができた。それがきっかけとなり、この問題に興味を持ち、内村鑑三の「愛」について論じたものを卒業論文として提出した。人間のものの見方・考え方を問うて論じる意義や魅力、演習を通じて仲間とともに議論する醍醐味を経験したことが出発点となった。

内村鑑三の「愛」に対する思索について、拙いながらも論じた理由は、著者自身の問いとしてそれが萌芽したからでもあった。「愛」概念一般がどうであるのかということよりも、先立ったのは、周りの人々が「愛」をどのように考えているのか、彼らのものの見方・考え方はいかなるものなのか、という問いであった。このような疑問を、筑波大学に所属していた友人と話すと、一冊の本を紹介された。伊藤益先生の『日本人の愛—悲憐の思想—』（北樹出版、一九九六年）である。西洋哲学における「愛」の議論を踏まえながら、『萬葉集』や親鸞思想などからこれを問う書に出会い、その議論の方法や視点に惹かれ、また、内村以前の人々はどのように「愛」をとらえていたのかに強い関心を抱くこととなり、二〇〇〇年四月、筑波大学大学院へ入学し、伊藤先生にご指導いただけることになった。

先の疑問・関心を伊藤先生にお話すると、先生は『萬葉集』にあらわれた言葉から、ものの見方・考え方を追うことを通じて、その問いに対し何か見えてくるものがあるのではないかとご助言くださり、「君には型破りな学者になってほしい」とのお言葉をいただいた。このような指針を示していただき、理解にはまだ至らない漠然とした感銘を受けた。大学院入学時の『萬葉集』という書名は知っていてもほとんど触れたことがない状態から、学位論文に取り組む時期まで、芳賀紀雄先生の文学研究の演習に参加させていただき、研究の奥深さや厳密さを目の当たりにできたこと、文献に対する研究者の在るべき態度をその中で学ぶことができたことは、何ものにも代えがたい経験であった。また、佐藤貢悦先生の東洋倫理の演習では、原典と向き合いみずから考えることの大切さ、あらゆる可能性を検討し真相を明らかにする姿勢を学ぶことができた。研究会や月例で行われていた研究発表会などでは、笹澤豊先生より、倫理学の議論としてものごとを考えるための視点を示していただいた。さらに、水野建雄先生、河上正秀先生、桑原直己先生からは、様々な場面で、著者の議論における論理的な欠点や、反論としてどのようなことが考えられるかなどをご指摘いただき、幅の広い視点から物事を問う姿勢の必要性を自覚することができた。先生方への感謝の念は筆舌に尽くしがたい。不勉強な著者が、ご教示いただいたことのどれほどを本書に反映できているかはわからない。本書の至らない点はすべて著者の責にある。その点は今後も研鑽を重ねることで、恩義に少しでも報いたい。

筑波大学の大学院には、哲学・倫理学・宗教学の三分野の大学院生が同じ部屋で議論できる環境があった。冒頭に挙げた問いは、それらどの分野にも通底するものである。このような環境で長幼や分野を問わず学友たちと、時には朝まで議論をしたことにより、みずからの考えを相対化することができたこと、言葉が別の関心を抱く人にはどう受け取られるかなどを理解できたことが多々あった。あの日常がなければ、本書は成らなかった。

〈いま、ここ〉において、『萬葉集』の歌にあらわれた言葉から、ものの見方・考え方を追うことを通じて、自身の問いに対し何か見えてくるものがあるという、大学院入学当時にいただいた伊藤先生のご助言をわずかながらに理解できるようになった気がしている。無媒介に「私」が対象を分析し主張を展開するのではなく、対象と向き合うことで一端「私」を否定し、それを十分に咀嚼していく中で、再びおのずから「私」が顔をのぞかせる。型を破るためには型を知らなくては破れない。その不断の繰り返しと、その営みを共に行う仲間との在り方そのものが、人間のものの見方・考え方を問う学問なのだろうと、〈いま・ここ〉において愚考している。本書がこの営みを共にする仲間や、まだ見ぬ読者と共に在るための紐帯となればと願っている。

本書は著者が執筆した初めての書である。未熟な著者に出版の機会を与えてくださった北樹出版社長の木村哲也氏、校正等で多大なご協力をいただいた編集部の古屋幾子氏、木村慎也氏には、衷心より御礼申し上げたい。装丁から章の扉の写真やデザインにまで著者が口をはさみ、限られた時間の中、無理難題を申し上げても嫌な顔一つせず労を執ってくださった方々と共に、本書を世に送り出すことができることは、幸甚の至りである。最後に、何一つ孝行できていない愚息に対し、これまで一度も文句を言わず応援し続けてくれている両親に、本書をもって心から感謝の意を伝えたい。

平成二十五年　二月二十日　春のおとずれをかすかに感じる筑波おろしに吹かれながら

川　井　博　義

《著者略歴》

川井　博義（かわい　ひろよし）

1976年　愛知県名古屋市に生まれる
2007年　筑波大学大学院人文社会科学研究科
哲学・思想専攻倫理学分野修了、博士（文学）

現在、東京理科大学・目白大学大学院・放送大学・東京家政大学・八洲学園大学・筑波技術大学などで非常勤講師

【所属学会】
日本倫理学会（2007年～2009年、幹事）、萬葉学会、日本思想史学会、美夫君志会（萬葉集研究の全国学会）、筑波大学哲学・思想学会（2017年～、評議員）、田辺元記念哲学会求真会（2017年～、代表）など

【主要業績】
「種的共同体のゆらぎ―柿本人麻呂近江荒都歌試論―」（『哲学・思想論叢』第22号、筑波大学哲学・思想学会、2004年）、「『存在』の自覚―大伴家持をめぐって―」（『倫理学年報』第55集、2006年）、「生死をめぐる連続と断絶―『萬葉集』のうたを通じて―」（『倫理学年報』第59集、2010年）など多数

人間存在と愛　――やまとことばの倫理学――

2013年3月30日　初版第1刷発行
2024年4月10日　初版第4刷発行

著　者　川　井　博　義
発行者　木　村　慎　也

・定価はカバーに表示

印 刷　新灯印刷／製本　新里製本

発行所　株式会社　北樹出版

http://www.hokuju.jp

〒153-0061　東京都目黒区中目黒1-2-6
TEL：03-3715-1525（代表）　FAX：03-5720-1488

ISBN 978-4-7793-0370-8